CONCIERTO PARA LEAH

Maira Landa

© Maira Landa, 2010

Primera edición, noviembre 2010
Segunda edición, junio 2011
Tercera edición, marzo 2012

Pasadizo Inc.
Centro Internacional de Mercadeo
Torre 1, Oficina 611
Guaynabo, PR 00962
Correo electrónico: edelcarril@gmail.com

Correo electrónico de la autora: mairalanda@onelinkpr.net
Página web: mairalanda.com

Editora: Awilda Cáez
Correctores: Awilda Cáez, Maira Landa, Emilio del Carril y Jesús M. Santiago
Asesoría musical: José Luis Cáceres
Concepto artístico: Emilio del Carril
Fotografía de la autora: Daniel Mordzinski
Fotografías de portada (originales sin retocar): © Zuzana Oros / DREAMSTIME, © Tamara Kulikova / DREAMSTIME
Diagramación, portada y contraportada: Ingrid Sánchez
ingrid.rebeca@gmail.com

Una versión original de esta novela fue la tesis de Maestría en Creación Literaria de la Universidad del Sagrado Corazón, sometida por la autora y aprobada con distinción en enero de 2009. Posteriormente fue reescrita y transformada en el texto contenido en este libro.

Agente literario de la autora:
Antonia Kerrigan
Travesera de Gracia 22 1° 2ª
08021 Barcelona, España
Tel (34) 93.2093820
antoniakerrigan.com

Impreso en Colombia por Panamericana Formas e Impresos S.A., quien sólo actúa como impresor.

ISBN: 978-0-9791650-7-8

Todos los derechos reservados. Prohibida la reproducción total o parcial por cualquier medio sin permiso escrito de la Editorial.

*Para Reynaldo, mi compañero y
cómplice de aventuras...*

Índice

Primer movimiento   9
Allegro ma non troppo

Segundo movimiento   55
Andante impetuoso

Tercer movimiento   83
Agitato tempestoso

Cuarto movimiento   143
Adagio

Coda   165

Quisiera

Quisiera pensar que
fue una pesadilla
alucinante y cruel
la que desplegó
contorsiones de locura.

Quisiera desandar
el tiempo y
verlos con vida,
sin acechos perversos.

Un día, quizás
el mundo comprenda
que el odio
embiste sin sentido.

Autora: Miryam E. Gover de Nasatsky
Resonancias de Auschwitz
Buenos Aires - Géminis, 2011.

Primer movimiento — *Allegro ma non troppo*

Aquella tarde papá llegó con la noticia. Nos abrazamos los cuatro sin articular palabra. Traía los pasajes para partir en el *Saint Louis* tres días más tarde, rumbo a Cuba. Tendríamos que apresurarnos a preparar un viaje para el que no contábamos con boleto de regreso. Era la única forma de dejar atrás la locura que había hecho pedazos nuestra vida.

Papá quiso salir a dar una vuelta por el Marktplatz, la plaza de Bremen. Necesitábamos tomar un poco de aire y ver por última vez los alrededores de lo que había sido nuestro hogar hasta ese momento. Mi hermana y yo lo acompañamos, pero mamá decidió quedarse en la casa.

Pasamos por el Ayuntamiento, una espléndida edificación gótica de ladrillos, con la inmensa estatua pétrea de Roland al frente. Llegamos al final de la calle y bordeamos el Wesser, que fluía sereno y emitía un sonido musical grave, monótono, que me recordó al *discanto* de los cantos gregorianos. Al lado de la Iglesia de San Martín, había un jardín muy hermoso, donde solíamos ir a menudo. Nos sentamos bajo unos robles inmensos y papá nos dijo muy serio, como en una reflexión: "Estos árboles son símbolos de Alemania, fuertes como la constancia y la inmortalidad de nuestra patria". Nos rodeaba un manto de flores, un paisaje multicolor que quedó vivo en nuestro recuerdo.

Casi en un monólogo, habló con nosotras en el tono más mesurado de que fue capaz para no alarmarnos demasiado, pero con la urgencia necesaria y una gravedad atemorizante en el semblante:

—No comenten sobre el viaje con sus amigas o con

nuestros vecinos. Cualquiera podría cometer una indiscreción y delatarnos. Tenemos que irnos antes de que sea tarde.

Cuando pasamos frente al consultorio de papá, cerrado desde hacía poco, no hicimos comentarios. En la fachada habían escrito mensajes con pintura negra: "Muerte a los judíos", "No queremos médicos judíos". Su nombre en el letrero de bronce estaba embarrado de tinta y no se podía leer. Papá apuró el paso y trató de ocultar el rostro, pero no pudo evitar que viéramos sus lágrimas.

Todo se desmoronaba a nuestro alrededor. Estoy segura que por su mente pasaron los años de práctica, su relación con Oliver Lafer, el doctor austriaco que fue su socio durante varios años, la amistad y el respeto que siempre se tuvieron. Cuando Oliver se retiró y papá se quedó sólo en la práctica, las dos familias celebramos el día en que colocaron el letrero en bronce al lado de la puerta con el nombre de papá. ¡Qué orgulloso se sentía! Ese mismo día Oliver nos regaló como recuerdo un viejo metrónomo que había sido de su madre y que colocamos encima del piano de nuestra casa.

Regresamos por la Schlachte, la bahía medieval. Tomamos la Schnoor, el área de callecitas torcidas y estrechas, por las que tantas veces habíamos transitado y que a mamá le gustaba por las tiendas, los pintores al aire libre y los pequeños cafés que la caracterizaban. Las familias paseaban por ella los domingos, pues siempre había música y alegría. En esa ocasión sólo encontramos silencio. Sabíamos que, con toda probabilidad, era la última vez que caminaríamos por allí.

En todos los años vividos en Bremen nunca habíamos sentido rechazo, pero desde hacía algún tiempo un odio insano, inexplicable, se había desatado contra nosotros. Nuestros vecinos de toda la vida, que nos saludaban con afecto, ahora nos rechazaban. Los pacientes de papá, con quienes había sido amable y hasta caritativo en muchas ocasiones, le daban la espalda. No entendíamos por qué.

Con la proclamación de Hitler en 1933 como *Führer* y Canciller del Reich, el poderío nazi se afianzó. Su principal objetivo parecía ser la supresión de la presencia judía en la vida pública, como si fuéramos una lacra social. Con la "Ley de protección de la sangre y el honor alemán" se nos despojó de nuestros derechos civiles y nos clasificaron como "una raza inferior". ¡Nosotros también éramos alemanes!

Cada persona de la población era sometida a un escrutinio minucioso llamado *sippenbuch,* mediante el cual hacían un análisis de sus antepasados por las vías materna y paterna. Para ser considerado "impuro" bastaba tener un padre o un abuelo judío, así que hasta aquellos que no se consideraban como tales fueron catalogados y sancionados. De inmediato crearon campos de trabajo y guetos para aislarnos de la sociedad.

Comprendimos que se avecinaban tiempos difíciles cuando en marzo de 1938 se efectuó la anexión de Austria y fueron expulsados miles de judíos polacos residentes en Alemania, donde la gran mayoría había residido durante toda su vida. Estuvieron varios días en condiciones precarias en la frontera de ambos países, hasta que Polonia decidió admitirlos.

Cuando aconteció el Kristallnacht, la noche de los cristales rotos, comprobamos la gravedad de nuestra situación. Los nazis culparon a los judíos de aquel vandalismo, por lo que en Alemania y en Austria se desató la furia contra nosotros. Hordas presas de odio saquearon y destruyeron todo lo que representara nuestra presencia: negocios, cementerios, sinagogas. Miles de personas fueron detenidas, golpeadas, humilladas y, muchas, asesinadas.

En Bremen, que era una ciudad pequeña y apacible, había una violencia desenfrenada. Desde la ventana de nuestra casa vimos cómo unos soldados gritaban y apuntaban con sus armas a un grupo de judíos. Los tenían arrodillados en medio de la calle y los obligaban a lavar el piso con cepillos.

A uno de nuestros compañeros de escuela, hijo del farmacéutico del pueblo, lo obligaron a pintar un letrero negro que decía *JUDE* en la puerta de la farmacia del padre. El muchacho lloraba inconsolable. Cuando terminó, lo golpearon hasta dejarlo inconsciente en la calle y al padre se lo llevaron preso.

Ese fue el día en que papá sentenció: "Tenemos que irnos, antes de que sea tarde", y comenzó sus gestiones para que abandonáramos Alemania.

Las omnipresentes Schutzstaffel o SS, la guardia elite del nazismo, patrullaban las calles a toda hora y, además, organizaron los Einsatzgruppen, unas brigadas de choque conformadas por unidades de las SS y de la policía regular, que apaleaban y asesinaban judíos en forma sistemática. Los nazis estaban determinados a lograr una Europa *judenrein*, libre de judíos, aunque eso significara liquidarnos a todos.

Casi todas las casas exhibían letreros que decían: "Nosotros no compramos en tiendas de judíos". Eran frecuentes las palizas, los abusos, el saqueo de los comercios de judíos y los arrestos injustificados. El terror, el odio y la desconfianza estaban generalizados.

Las leyes antisemitas se sucedían una tras otra. Los profesionales judíos ya no podían ejercer, a los niños y jóvenes no se les permitía asistir a la escuela. El último vagón de los tranvías de la ciudad, que nunca limpiaban, era el destinado para nosotros. Los demás exhibían letreros de "No se permiten judíos".

Estábamos obligados, so pena de arresto, a llevar una estrella amarilla de David cosida a la ropa, con una **J** en el centro. Nos impusieron toque de queda a las ocho de la noche y en lo sucesivo no podríamos asistir al teatro ni a los restaurantes. De todas formas, para nosotros salir a la calle se había vuelto muy peligroso a cualquier hora.

Muchos de nuestros amigos y vecinos desaparecieron. Algunos habían abandonado sus casas con todo adentro, como nosotros haríamos en breve. Se comentaba que los habían arrestado y enviado a campos de trabajo. Se hablaba de torturas y asesinatos, lo que nos resultaba difícil de creer. No era lógico que se castigara a la gente inocente.

Papá nos contó que varios barcos habían salido de Hamburgo rumbo a diferentes países de América. Nosotros iríamos a Cuba, una isla que quedaba en el Caribe, según nos dijo. El viaje le había costado numerosas gestiones y gran parte de sus ahorros: 3,000 *reichsmarks* por los permisos de entrada, 3,200 por los pasajes y 1,000 adicionales por llevarse sus instrumentos médicos. "Nos queda poco dinero, pero es preferible a quedarnos en Alemania", nos dijo.

Llegamos a casa en un completo silencio. Encontramos a mamá sentada al borde de su cama, muy pálida. Con los ojos enrojecidos nos advirtió: "Dos maletas por persona, lleven sólo lo absolutamente necesario".

¿Cómo empacar ahí todas nuestras pertenencias? ¿Cómo íbamos a dejar atrás nuestros pequeños tesoros, nuestras vivencias? Era una incógnita determinar qué iba a llevar cada uno. Sin saber por dónde empezar, observé a mi madre. "A ella, más que a nosotras, debe resultarle difícil", reflexioné. Cuando terminó de colocar sus cosas, noté que las fotos y los recuerdos familiares ocupaban casi una de las maletas.

Mi hermana se sentó al piano, supongo que para serenarse, y tocó una de sus obras preferidas, el *Liebestraum*, de Liszt. Mamá se paró al lado y apoyó la mano en su hombro izquierdo. Papá, atraído por la música, entró a la sala y se dispuso a escucharla. Me senté en el brazo de la butaca y recliné la cabeza en su hombro. La casa se inundó de melodías.

La música siempre fue un elemento importante en nuestra familia. Mamá era profesora de música y enseñaba a algunos niños del vecindario. Con ella dimos los primeros pasos en las notas, casi desde que llegamos al mundo. Raquel tocaba bien el piano y a mí me atrajo tanto el violín que llegó a convertirse en mi auténtica pasión. Papá no tocaba ningún instrumento, aunque era un gran conocedor.

Mi profesora, Madame Suzette Lamar, era una violinista francesa retirada, estricta y exigente, con quien tenía una relación muy estrecha. Hacía un año le había dicho a mis padres que estaba convencida de que yo llegaría a ser concertista como me había propuesto, que mi talento la había impresionado y que nunca había tenido una alumna tan comprometida con la música.

Les sugirió que me compraran un mejor instrumento y se ofreció a prepararme para el examen de ingreso al Conservatorio de Música de Berlín, donde consideraba que estaban los profesores que yo necesitaría en esa próxima etapa. Mamá habló con una gran amiga de ella que vivía en esa ciudad y acordaron que me alojaría en su casa durante mis estudios. Yo estaba pletórica de felicidad. ¡Sería concertista!

Madame Lamar se dio a la tarea de buscar un violín adecuado para mí, hasta que un lutier francés, amigo suyo, le avisó que acababa de recibir un Guarneri perteneciente a una mujer de la realeza rusa, venida a menos como consecuencia de la revolución bolchevique, quien necesitaba con urgencia el dinero. El lutier conocía bien el violín porque lo había restaurado hacía unos años. El precio era muy atractivo, así que papá y yo fuimos a París a tratar de comprarlo.

Cuando lo tuve por primera vez en mis manos, no podía creer que tuviera doscientos años. Aquel violín era hermoso, con un reluciente barniz color marrón rojizo. Comprobé su afinación, lo coloqué en posición, apoyé mi mejilla en la madera noble y me dispuse a tocarlo. Pulsé sus cuerdas, comencé a frotarlas con el arco y de inmediato una corriente recorrió mis sentidos. Era el sonido más maravilloso, potente y armónico, que hubiera escuchado jamás. La melodía se producía casi espontánea, mis dedos se deslizaban sin esfuerzo. "Ahora entiendo por qué el Guarneri era el instrumento preferido de Paganini, por qué amaba tanto a su Cannone", pensé.

Papá estaba emocionado y sonreía. Nos miramos y ambos supimos en ese instante que al fin lo habíamos encontrado. Ese sería "mi" violín.

—¿Notaste el sonido? Su tono es inconfundible, más poderoso, más metálico que el Stradivarius. Guarneri usaba una madera especial y la trataba con capas interminables de barniz, una técnica secreta que no ha podido ser superada por los fabricantes posteriores. Prefiero un Guarneri a cualquier otro. Este es un gran instrumento —me dijo el lutier con orgullo.

Nos mostró, en el interior de la caja de resonancia, el sello indiscutible del creador: *Giuseppe Guarnerius fecit Cremonae anno 1737 IHS*. Nos explicó que lo que quedaba de su producción original no excedía a 250 violines en todo el mundo. Yo le escuchaba extasiada.

—¿Qué significan las iniciales al final? —pregunté.

—Guarnerius era muy religioso y se hacía llamar "del Gesu" que en italiano significa "de Jesús". IHS significa Jesús abreviado en griego. Era su forma de venerar al Espíritu Santo.

O sea, podría no ser un instrumento para una violinista judía, ¿no crees? Espero que eso no sea importante para ti, como tampoco lo ha sido para los grandes violinistas judíos —me dijo, con una sonrisa.

Papá se rió de la ocurrencia del lutier, quien también era judío.

Concluida la transacción, me lo entregó dentro de un precioso estuche azul de piel reluciente, en cuya tapa interior escribí allí mismo con orgullo: "Este violín es de Leah".

Regresamos a nuestro hogar en Bremen, radiantes de felicidad. Durante todo el trayecto estuve abrazada a mi nuevo instrumento, con una sonrisa perenne en el rostro, sin poder creer que fuera mío. Recuerdo la satisfacción de mi padre al verme en aquel éxtasis. No sé cuántas veces lo abracé y le di las gracias por comprármelo. Todo lo que me contestó fue: "He creído en ti, hija, ahora demuéstrame que de verdad te lo mereces. Cuando te vea debutar en un escenario y te aplauda con orgullo, sabré que este enorme esfuerzo valió la pena".

Mi Guarneri se convertiría en la razón de mi vida, no me separaba de él, practicaba sin descanso. Llegar a ser concertista se había vuelto una obsesión, mi *leitmotiv*. Madame Lamar me enseñó a comprender mi instrumento y sentenció con entusiasmo: "Este violín es maravilloso, merece una ejecutante especial, como tú".

Trabajamos muy duro durante todo ese año. Casi estaba lista para presentarme al Conservatorio, con la solicitud de admisión presentada, cuando la situación en Alemania se tornó intolerable para los judíos y papá llegó con la noticia del viaje. Teníamos que irnos. Mis planes y los de nuestra familia tendrían que esperar por tiempos mejores. A pesar de todo, me tranquilizaba poderme llevar mi violín. Raquel estaba desconsolada porque el piano se quedaba en la casa, junto con los muebles y el resto de nuestras pertenencias, como custodios de nuestros recuerdos.

Mamá nos consolaba prometiéndonos que, cuando nos estableciéramos en Cuba, compraríamos un piano y que allí yo también podría seguir con mis planes hasta lograr lo que me había propuesto. "Es sólo una demora, verán que todo va a salir bien. Además, tal vez pronto podamos regresar a Bremen, a nuestra casa", nos decía.

En mi cabeza rondaban miles de notas, que en aquella época comenzaron a organizarse de forma espontánea e inesperada. Se transmutaban en una sonoridad recóndita, siempre diferente, que tomaba forma de acuerdo con mis sentimientos. Unas veces, dos o tres neumas tímidas de una melodía simple se insinuaban en una tonada que me deleitaba. Otras, se amalgamaban en un pentagrama complejo y se volvían un tormento. Lo peor era que nadie más parecía escuchar mi música interna. Cuando al fin me atreví a contárselo a mi hermana, mucho más práctica que yo, me miró burlona y dijo que estaba loca sin remedio. Aquellos tiempos terribles resultaron muy musicales para mí.

Durante los tres días siguientes nos movimos por la casa apenas sin hablarnos, con el semblante serio, como si cada uno meditara sobre el paso que íbamos a dar. Las noches insomnes parecían interminables y las melodías que me rondaban se manifestaban a su propio *tempo*.

La tarde antes de partir estuve varias horas en la sala de nuestra casa, donde todos los domingos teníamos algún invitado y, previo a la cena, disfrutábamos de veladas musicales. El lugar preferente lo ocupaba el piano que papá le regaló a mamá cuando se casaron. Al lado, se encontraba el atril donde apoyaba mis partituras. En la pared enfrente había fotos de nuestros abuelos, de la boda de nuestros padres y de nosotras dos en diferentes momentos de nuestra infancia. En la esquina estaba la radio de pedestal y a los lados las butacas de papá y mamá, hundidas por los recuerdos de noches innumerables de feliz vida familiar. Al frente, los ventanales anchos desde el piso hasta el techo, que invitaban a las imágenes y aromas del jardín a invadir nuestra casa.

En la cocina, las cortinillas blancas de rayas verdes en la ventana, la vajilla blanca ordenada con cuidado en la estantería, las ollas de cobre relucientes y el molinillo para el café, cuyo efluvio nos despertaba en las mañanas. Deseé que aquella estancia guardara celosa para siempre en sus rincones aquellos olores deliciosos que nos pertenecían, porque eran sólo nuestros, por si algún día podíamos regresar. Evoqué el aroma de la torta de miel que mamá siempre preparaba para Rosh Hashaná y el sabroso *cholent* para el *sabbat*. Cómo insistía mamá en que comiéramos, sobre todo a mí que era de poco apetito, porque había muchos niños con hambre en el mundo. ¡Cuánto recordaría sus palabras a través de toda mi vida! En aquella casa amada, nuestro hogar, quedarían encerradas las risas y las ilusiones de nuestra familia, que pronto serían sólo un eco del pasado.

El alba me sorprendió parada frente a la ventana de mi habitación, abrazada al violín. Ahí estuve hasta casi la hora de partir, intentando grabar en mis retinas la silueta del árbol inmenso, de tronco ancho y ramas profusas, que presidía orgulloso nuestro jardín y que tantas veces me cobijó bajo su sombra. Estaba segura de que se deleitaba con las melodías que yo le obsequiaba ¡Cuánto lo iba a extrañar!

Quise impregnar mis poros del perfume de las flores de aquel jardín, testigo de mis ratos felices. Muy dentro de mí irrumpieron los compases de una polifonía, con una tesitura de gran densidad, que me llegaba desde muy lejos en oleadas cada vez más definidas. Un *lied* triste, infinitamente triste.

—Josef, niñas, tenemos que irnos —urgió mamá.

Sacamos las maletas y papá cerró la puerta con premura, sin volver atrás. Hans, un cura paciente de papá, se había ofrecido a llevarnos en su automóvil, un Opel viejo color verde oscuro. Nos dijo que, si los soldados veían a una familia acompañada por un sacerdote vestido con sotana, no sospecharían que éramos judíos y no nos detendrían.

Era el párroco de la iglesia cristiana que estaba en nuestro barrio. Se conocieron cuando comenzó a visitar el consultorio de papá por sus padecimientos estomacales y llegaron a ser grandes amigos a través de los años, a pesar de profesar religiones diferentes. Hans decía que creíamos en el mismo Dios, sólo que visto desde diferentes perspectivas. Llegó a ser asiduo visitante de nuestra casa y a convertirse en fanático de nuestros conciertos dominicales. Papá y él jugaban al ajedrez durante horas y charlaban mucho. En los últimos tiempos notamos que no vestía sotana cuando nos visitaba, supusimos que para no comprometerse.

La noche se desvanecía el 12 de mayo de 1939, cuando abandonamos nuestra casa de Bremen y emprendimos el recorrido de dos horas hacia el puerto de Hamburgo, en medio de una bruma densa y una llovizna pertinaz. Nadie habló durante el trayecto, cada uno iba absorto en sus pensamientos.

Papá estaba sentado al lado de Hans. Mamá, Raquel y yo íbamos en el asiento de atrás, donde apenas cabíamos. Observé a papá, de porte distinguido, tan generoso y dedicado a sus pacientes y a nosotras. De pronto me di cuenta que se veía cansado y, en los últimos tiempos, su cabello había encanecido.

Mamá tenía los ojos cerrados, como si no quisiera ver lo que íbamos a dejar atrás. Los tenía azules y contrastaban con su hermosa cabellera castaña rojiza. Cuando reía se le formaban dos hoyuelos en las mejillas. Admiraba su ecuanimidad y sabiduría, en todo momento parecía saber lo que había que hacer. Abandonó todo para casarse con papá: patria, religión, familia y hasta una incipiente carrera como pianista.

Mi hermana y yo éramos polos opuestos. Raquel, de quince años, siempre alegre, era muy linda, como una réplica de mamá, pero débil de carácter. Papá decía que, al igual que las dos hermanas hijas de Laván eran descritas en la Biblia, mi mirada era lánguida y Raquel era la del semblante sereno. Yo tenía dos años más que ella y los pronunciados rasgos judíos de papá, que me ocasionaban grandes problemas en aquella época. Como era muy terca, mis padres decían que me encerraba en mi propio mundo. En aquel tiempo envidiaba a Raquel porque siempre era el centro de atención de los jóvenes; a mí apenas me miraban, no era atractiva como ella.

El inconfundible olor salobre nos sacó de nuestras cavilaciones y anunció que nos aproximábamos a nuestro destino.

El *Saint Louis* se erguía majestuoso en el muelle 76 del puerto de Hamburgo, desierto a esa hora temprana de la mañana, con excepción de los SS que hacían rondas. Papá determinó que abordaríamos por separado, para no llamar la atención. Primero, Raquel y mamá.

Hans estuvo con nosotros media hora más, hasta que papá y yo decidimos subir al barco. Lo abrazamos y le dimos las gracias por su valiosa ayuda. Nos correspondió con una media sonrisa y un amago de bendición con la mano derecha. "Vayan con Dios", nos dijo.

Sentí un espantoso escalofrío cuando papá me tomó de la mano. La suya estaba helada y trémula. Aquel hombre decidido, a quien todos considerábamos tan fuerte, estaba desconcertado y tenía miedo. Entramos al barco tratando de aparentar serenidad. Hans nos miraba ansioso desde lejos. Nadie nos detuvo.

En la rampa, un hombre tomaba fotos de los pasajeros. Parecía ocuparse sólo de los que estuvieran peor vestidos. Después escuchamos comentarios de que el hombre era de la Gestapo y que, con toda probabilidad, las imágenes serían publicadas en los periódicos alemanes para demostrar al mundo cómo huía la escoria subhumana, los *untermenschen*. Así nos llamaban.

El *Saint Louis* llevaba varios cientos de pasajeros, casi todos alemanes-judíos, algunos prófugos de los nazis, y muchas mujeres solas con sus hijos. Algunas habían dejado al esposo en campos de concentración y a otras el marido las esperaba en Cuba.

Las tres chimeneas dobles, en negro, rojo y blanco, erguidas humeantes entre la bruma, ofrecían un aspecto tétrico. Tres de los cinco pisos quedaban bajo el nivel del mar. En lo alto del mástil ondeaba una inmensa bandera roja, con la temida esvástica negra en el centro. La línea Hamburgo-América, HAPAG, a la que pertenecía el *Saint Louis*, estaba bajo el control del gobierno alemán. La tripulación, compuesta por más de cien hombres, portaba la insignia nazi en sus uniformes, con excepción del Capitán. Para saludarse, se cuadraban con el brazo extendido y gritaban *Heil* Hitler. Se rumoraba que entre ellos había miembros del Abwehr, el servicio secreto nazi, aunque no sabíamos con certeza quiénes eran. El capitán, Gustav Schroeder, era un alemán de mediana edad, baja estatura, de labios finos, coronados por un bigote menudo. Su cabello algo canoso y la piel bronceada contrastaban con los ojos pequeños azul claro. Caminaba con paso firme y parecía ser un hombre de carácter mesurado.

Nos asignaron los camarotes 111 y 113, en la cubierta B sobre borda. Eran pequeños, con un mobiliario simple y quedaban contiguos, conectados por un baño. De las sábanas y toallas emanaba un delicioso olor a lavanda. Lo que más nos gustaba a Raquel y a mí era las dos claraboyas que nos permitían ver el mar.

A las ocho de la noche del sábado 13 de mayo de 1939, la sirena del barco sonó varias veces ante su inminente salida del puerto. La ciudad de Hamburgo estaba de gala, iluminada por la celebración de su setecientos cincuenta aniversario. El *Saint Louis* comenzó la marcha lenta e inexorable mar adentro. Las luces titilantes, cada vez más pequeñitas, se deshacían en la distancia.

Los pasajeros nos encontrábamos en cubierta. Raquel y yo, abrazadas a nuestros padres, llorábamos en silencio. Suspendidos en el tiempo, con la vista fija en la tierra que se nos alejaba, intentamos capturar para siempre el perfil de nuestra patria, enmarcada por un hermoso cielo estrellado e interrumpido por la inquietante bandera roja de la cruz gamada que flotaba libre y batía con fuerza en lo alto del mástil.

Y, de nuevo, la música como un mal augurio. En toda la noche no me abandonó el intenso *vibrato* de un recitativo seco, cuyo martillar de tonos y semitonos sólo yo escuchaba, una y otra vez.

Los altavoces interrumpieron la escena. El capitán convocaba a los pasajeros en el Tanzplatz, el salón de actividades ubicado en la cubierta B, para una recepción de bienvenida. Nos quedamos de piedra cuando nos topamos de frente con la fotografía de Hitler y una inmensa esvástica en un lugar preferente del salón. Además, varios miembros de la tripulación cantaban a viva voz el *Horst Wessel*, una canción nazi muy popular. El Capitán acudió presuroso, cerró la tapa del piano, y les ordenó retirarse. Los hombres salieron del salón al grito de *Heil* Hitler. Lanzaban expresiones de odio. Nos contuvimos para no aplaudir al Capitán, que estaba indignado.

A mi lado se encontraba un hombre ruso de mediana edad que tenía la cara enrojecida por el coraje. Tambaleándose, caminó hasta una esquina del salón y se dejó caer en una de las butacas. Jadeaba, le faltaba el aire, se secaba el sudor con un pañuelo y parecía estar al borde de un colapso. Papá se le acercó para preguntarle qué le sucedía y si necesitaba ayuda. Me mantuve a su lado, algo en aquel hombre despertaba mi compasión.

—Venga con nosotros, salgamos a tomar aire fresco —propuso papá para alejarlo de algunos tripulantes nazis que todavía se encontraban en el Tanzplatz. Nos acomodamos en las sillas de cubierta, sólo nosotros tres. Casi al borde de las lágrimas y con las manos temblorosas, nos contó su odisea.

Se llamaba Iván Skolof, había nacido en Rusia y llevaba muchos años en Alemania, de donde eran su esposa e hijos. Por ser judío lo habían internado en Dachau, donde sufrió atrocidades inimaginables. Nos contó historias aterradoras de los campos de trabajo, de torturas y asesinatos. Un amigo suyo, con influencias en el gobierno, logró que lo liberaran con la condición de que abandonara Alemania de inmediato. Le advirtieron que, si regresaba, a él y a su familia les esperaba la muerte. Vendieron todo cuanto tenían, pero el dinero sólo alcanzó para un pasaje. Tuvo que dejar a su esposa y dos hijos al cuidado de sus padres, con la promesa de mandar a buscarlos cuando se estableciera en Cuba y pudiera ahorrar lo suficiente. Su tristeza era abrumadora y los ojos reflejaban una desolación que yo nunca había visto. Entendí por qué no había podido soportar las expresiones de aquellos nazis.

Papá y yo nos quedamos un rato largo con él hasta que se tranquilizó. Lo que contaba resultaba aterrorizador, la situación en Alemania era alarmante, peor de lo que habíamos supuesto. Habíamos tomado la decisión correcta al irnos de nuestra patria.

Les contamos a mamá y a Raquel lo que nos había relatado el señor Skolof. Acordamos que le haríamos compañía y que trataríamos de animarlo. A veces lo invitábamos a que cenara con nosotros, otras, papá conversaba con él para distraerlo. Era un hombre noble, humilde y, sobre todo, muy herido.

Algunos pasajeros decidieron organizar veladas musicales en el Tanzplatz. Mamá se ofreció para tocar el piano y me pidió que fuera con mi violín. Creamos un grupo bastante disparejo porque algunos no sabían mucha música. Al menos lográbamos entretener a los demás y nos divertíamos muchísimo. Nos bautizaron "Los Músicos Viajeros". Mark, un joven buen mozo de unos 18 años, que viajaba solo, llevó un acordeón y ensayamos juntos algunas piezas. No era muy diestro, pero sí muy simpático. Me decía que tocaba bien el violín o que era bonita. Hablamos de seguir la amistad cuando llegáramos a Cuba. A veces nos sentábamos a conversar en las sillas de cubierta y, de pronto, veíamos a mamá que nos vigilaba de lejos, aparentando que tejía. Se daba cuenta de que aquel joven me gustaba mucho.

Los días transcurrían en una prosaica normalidad, que aumentaba a medida que el *Saint Louis* se alejaba de Europa y se acercaba a América. Nos entreteníamos en el cine, escuchábamos música o mirábamos la estela espumosa que el barco dejaba en su navegar. Comenzamos a sentirnos seguros ante la inminencia del arribo a nuestro nuevo hogar.

Poco a poco, hicimos amistad con algunos pasajeros y conocimos a varios tripulantes que se mostraban amables con nosotros. A bordo iban dos rabinos: Abraham Leibovitz y Yitzhak Weitz, a quienes el Capitán les dio permiso para oficiar nuestros servicios religiosos. En ocasiones el Tanzplatz se convertía en una sinagoga para los judíos conservadores. Nos colocábamos de espaldas a la fotografía de Hitler, para no verlo, pero al pobre rabino le quedaba de frente. No sé cómo podía resistirlo. Los ortodoxos se congregaban en el salón de baile de primera clase o en el gimnasio. Allí no tenían el problema de la foto.

Nos llamó la atención dos niñas que viajaban solas: Renata de 7 y Evelyn de 5 años. El padre, un afamado médico alemán, las esperaba en Cuba y la madre se tuvo que quedar en Alemania. Una pareja mayor se había ofrecido a cuidarlas durante la travesía. Mamá siempre estaba pendiente de que estuvieran bien y nosotras jugábamos a menudo con ellas para entretenerlas. Muchas veces me pregunté si en las noches sentirían miedo o extrañarían a sus padres. Eran muy pequeñas.

Se rumoraba que había espías nazis entre los miembros de la tripulación. En particular señalaban como el principal a Otto Schiendick, un personaje siniestro, de baja estatura, regordete, ojos saltones e incipiente calvicie, cuyos modales dejaban mucho que desear y que no disimulaba su desagrado por los judíos.

Cuando pasamos frente a la costa de las Azores, el Capitán anunció por los parlantes que nos encontrábamos a mitad de camino a Cuba. El movimiento de las olas era muy fuerte y el *Saint Louis* daba grandes bandazos. Muchos tuvieron que pasar por la enfermería con mareos y vómitos, por lo que papá y otros pasajeros también médicos se ofrecieron para ayudar.

Con frecuencia escuchábamos comentarios sobre lo que encontraríamos en Cuba: que allí vestían ropas livianas porque hacía muchísimo calor durante todo el año, que su música era muy alegre, que la comida era diferente a la nuestra y que abundaban unas frutas muy dulces, desconocidas en Europa. Unos y otros especulábamos cómo sería ese sitio que parecía tan exótico que no podíamos imaginarlo. Estábamos deseosos de llegar.

—¡Papá, papá, abre! —gritamos frente a la puerta del camarote.

—¿Qué sucede?

—Un señor se desmayó. Por favor, ven enseguida al Tanzplatz.

Papá acudió de inmediato. El médico del barco ya estaba presente y determinó que nada más se podía hacer. El señor Weiss, un hombre mayor que viajaba con su esposa, había fallecido de un infarto cardíaco. Como es preceptivo por la Torá, el cuerpo no se podía tocar durante los primeros ocho minutos siguientes al deceso. Luego colocaron el cadáver en el piso, con los pies hacia la puerta. La viuda encendió una vela, la ayudamos a cubrir las claraboyas con unas sábanas y recitó las plegarias correspondientes. La escena era conmovedora y al mismo tiempo incongruente: un funeral judío, con la fotografía de Hitler como testigo. Raquel y yo estábamos impresionadas.

Era nuestro primer encuentro con la muerte; tan inesperada, tan de cerca.

Al atardecer, el *Saint Louis* se detuvo en medio del océano. El Capitán y su primer oficial presentaban respetos a la viuda, en posición de alerta y con sus gorras en la mano. Le entregaron un mapa marcado con el lugar donde nos encontrábamos en ese momento. Como en el barco no había dónde preservar el cadáver, hubo que tirarlo al mar, envuelto en un burdo saco cosido.

El rabino Leibovitz ofició un ritual muy sencillo en hebreo. La señora Weiss lloraba en silencio y los demás permanecíamos cabizbajos. La tristeza flotaba en el aire. Notamos con desagrado que algunos miembros de la tripulación observaban desde lejos con una sonrisa burlona e irreverente.

El viento batía con fuerza y el cielo se tornaba de un rojo intenso, como si se avecinara una tormenta. Unas figuraciones de notas, intervalos, bemoles y sostenidos se agolparon sin control en mi cabeza, como una *mezza voce*, hasta adquirir una sonoridad compacta. Mis fibras vibraban incontrolables al ritmo inquietante de un réquiem.

Debió haber sido un presagio, pues esa madrugada se recibió el primer radiograma que desataría la odisea. Los periódicos de París informaban que Cuba se negaba a recibir más refugiados y que detrás del *Saint Louis* iban dos barcos más rumbo a la isla: el *Orduña*, británico, y el *Flandre*, de matrícula francesa.

En anticipo a lo que pudiera suceder, el Capitán nombró un Comité de Pasajeros y a papá como su director. Le dijo que había notado su ecuanimidad y mesura cuando el incidente con el señor Weiss y que se notaba que estaba acostumbrado a enfrentar situaciones de mucha tensión por su profesión. Se convocó de inmediato a una reunión, para mantener informados a los pasajeros. Nadie tuvo respuestas para las innumerables preguntas que surgieron. La agonía comenzaba.

Escuchaba a papá argumentar con vehemencia ante los pasajeros que no había de qué preocuparse porque todos teníamos los permisos oficiales de entrada a Cuba, gestionados por la OBERRAT, una organización judía muy antigua y respetada. Además, que las autoridades de la isla los habían expedido y que cobraron por ellos. Decía que seguro era un malentendido, que se aclararía tan pronto arribáramos. El Capitán reiteraba una y otra vez que él mismo se encargaría de negociar con las autoridades cubanas.

Sin embargo, conocía muy bien a papá e intuía una inquietud subyacente en su voz. Me pareció que no estaba convencido del todo de lo que alegaba y que el Capitán tampoco quería preocuparnos. Papá y él se mantenían en sintonía, en el mismo tono melódico, como mi violín y yo. El temor de que nos devolvieran a Alemania comenzó a flotar entre nosotros.

Al amanecer del día siguiente, de nuevo la sirena ululó estridente. Iván Skolof, el ruso a quien habíamos conocido el primer día, se había tirado por la borda. Recordé sus historias sobre las atrocidades que los nazis cometían contra los judíos y lo que el pobre hombre había sufrido. "No pudo resistir la posibilidad de regresar a Alemania", pensé.

Durante más de una hora el barco dio vueltas en el mismo sitio, sin éxito. El Capitán decidió continuar el viaje y muchos nos quedamos en la popa, en silencio, fijos los ojos en la estela espumosa que levantaba la nave. Supongo que, como yo, los demás intentaban comprender la desesperación de aquel hombre. Sentí mucha pena por él y pensé en su familia. Los latidos de mi corazón hacían su propia música sincopada.

Esa tarde el Capitán le pidió a papá, como representante del Comité de Pasajeros, que lo acompañara al camarote del señor Skolof para recoger sus pertenencias y luego enviarlas a la familia. En su maleta había muy poca ropa, algunas fotos de su esposa e hijos y varias cartas dirigidas a ellos. La última era extensa, tenía fecha de ese mismo día y estaba dentro de un sobre abierto, con el nombre y dirección de su esposa en Alemania. Les relataba su agonía en el campo de Dachau: el terror, las torturas, las humillaciones, los vejámenes que había sufrido y que habían hecho experimentos médicos con él. Les decía que los amaba y les pedía perdón, que prefería la muerte antes que regresar a Alemania. Papá regresó deshecho al camarote. Nos contó lo que había sucedido y el contenido de la carta de despedida del señor Skolof.

Concluido el día, el *Saint Louis* había perdido sus voces. En el comedor, repleto como de costumbre, sólo se escuchaba el sonido monótono de los platos, vasos y cubiertos. El cine quedó desierto y en el Tanzplatz no había un alma. Todos los pasajeros nos retiramos temprano. Entre tanto, el barco se deslizaba sereno frente a las luces del faro de las Bahamas y se acercaba cada vez más a su destino. Los tripulantes nazis se mofaban de nosotros sin disimulo y se pasaban la mano por el cuello, para decirnos que íbamos a morir.

Aquella noche, mi hermana y yo teníamos mucho miedo. Nos refugiamos en el camarote de mamá y papá, que también estaban despiertos. Cuando vivíamos en Alemania, solíamos reunirnos los cuatro para conversar cuando algún evento nos preocupaba, así como para compartir ocasiones felices. Por unos instantes olvidé dónde estábamos pero, cuando papá trató de darnos ánimos y de esbozar planes para cuando llegáramos a Cuba, escuché en mi cabeza un aterrador sonido disonante que opacó sus palabras y me espantó el sueño.

El día siguiente transcurrió monótono y lleno de incertidumbre. Navegábamos frente a las costas de Florida, en Estados Unidos. Observábamos el paisaje desde cubierta y nos preguntábamos qué sucedería cuando llegáramos a Cuba.

A las cuatro de la madrugada del 27 de mayo, la sirena anunciaba nuestra inminente entrada a la bahía. A la izquierda, no muy distante, veíamos La Habana, aún aletargada en la oscuridad. Sus edificios en penumbras nos develaban el perfil de una gran ciudad. A la izquierda, sobresalía un enorme faro con una luz giratoria que parecía guiarnos desde lo alto de un farallón apoyado desafiante sobre el mar, que lo embestía con fuerza. Era parte de una imponente edificación muy antigua, rodeada de murallas de piedra, por las que asomaban cientos de cañones amenazantes. Luego supimos que era El Morro, una fortaleza construida en el siglo XVII para la defensa de la ciudad.

Asistíamos a un espléndido amanecer. El cielo nos obsequiaba un espectáculo multicolor, con nubes desdibujadas en medio de un azul intenso y vetas naranjas de varias gradaciones. El paisaje tropical de la costa, con sus verdes diversos y el agua turquesa, acaso como un espejismo, nos hizo pensar que nada malo podría sucedernos en un sitio tan hermoso. Nos encontrábamos embelesados ante aquella visión. El barco continuó su avance lento hacia el puerto y en mi interior, un *scherzo* juguetón, en un impromptu antifonal, se conjugó como *leitmotiv* con las imágenes.

Cuando desayunábamos, podíamos ver la ciudad a través del ventanal del comedor. Escuchaba conversaciones animadas, entre risas y comentarios jocosos, sobre lo que cada uno haría al llegar a tierra. Un joven dijo que iba a comer plátanos hasta reventar y otro que estaba seguro de que se enamoraría de una cubana, porque le habían dicho que eran muy lindas. Alguien preguntó qué eran los plátanos y otro le contestó. Por primera vez en mucho tiempo escuché con agrado mi propia risa y noté que los demás se comportaban de manera distendida y feliz. Me pregunté si aquella representación entre fantasía y realidad sería un conjuro para olvidar nuestros temores.

El *Saint Louis* se detuvo en medio de la bahía, frente a La Habana. No le permitieron atracar en el muelle, como era usual. Se acercó una lancha de las autoridades portuarias de Cuba y varios oficiales subieron a bordo para revisar los documentos de los pasajeros. A pesar de las protestas del Capitán por la demora que ocasionaría ese procedimiento complicado, el director del equipo médico cubano insistió en entrevistar a cada uno de los pasajeros, sin importar el tiempo que le tomara, para cerciorarse de que no hubiera enfermedades contagiosas. Entre tanto, izaron la bandera amarilla de cuarentena.

Con la intención de levantar los ánimos de los pasajeros, mamá convocó a nuestro grupo "Los Músicos Viajeros" para que tocáramos la tonada festiva alemana *Freut euch des Lebens*, de "alégrate, estás vivo". Mucha gente se congregó en el Tanzplatz y todos cantamos a viva voz.

El doctor Glauner, el médico oficial del barco, escoltó a los oficiales cubanos hasta el comedor, donde llevarían a cabo las entrevistas. Allí les entregó una carpeta, con toda la información requerida, en la que certificaba que todos a bordo estaban en buen estado de salud física y mental. También aseguraba que no nos convertiríamos en una lacra social para la isla de Cuba.

Los cubanos hablaban en voz alta, eran simpáticos y gesticulaban con mucha viveza. Aunque tenían la tez bastante blanca, eran más morenos que nosotros. Dos negros causaron sensación porque nunca habíamos visto gente con la piel tan oscura, que les brillaba cuando estaban al sol. Tenían el pelo muy rizado y fuerte. Como los mirábamos con curiosidad, nos sonrieron, mostrándonos sus dientes blanquísimos.

Varias embarcaciones patrulleras rodeaban al *Saint Louis*, junto con algunos botes más pequeños en los que iban los parientes de algunos pasajeros, a quienes intentaban saludar. A través de unos megáfonos, la policía cubana les ordenó mantenerse a distancia y tuvieron que alejarse un poco.

Esa noche la ansiedad era general. La cena se sirvió temprano y los dos rabinos oficiaron un servicio de oración.

Las autoridades médicas cubanas tardaron dos días en terminar su inspección y fue entonces que arriaron la bandera de cuarentena. Luego subieron los oficiales de inmigración para revisar los pasaportes, los permisos de entrada y las tarjetas de desembarco. Al lado de la "J" roja que nos identificaba como judíos, estamparon un sello con una "R" verde, de refugiados. A cada uno se le entregó una tarjeta para recoger su equipaje en el muelle. Todo parecía estar en orden.

Unas horas más tarde, llegó el *Orduña*, una embarcación más pequeña que el *Saint Louis*, también custodiada por lanchas de las autoridades de la isla y rodeada por botes repletos de familiares. Esperaba su turno a cierta distancia de nosotros, también a la entrada de la bahía. Ambos barcos sonaron sus respectivas sirenas y los pasajeros intercambiamos saludos desde lejos.

A través de los parlantes, los oficiales de la inmigración cubana llamaron por sus nombres a cinco pasajeros para que abandonaran el *Saint Louis* y abordaran una lancha que los llevaría al puerto. Eran dos parejas y una mujer enigmática que viajaba sola y que se deslizaba por el barco siempre vestida de negro. Pensamos que ése sería el procedimiento a seguir y que, por lo tanto, pronto llamarían también a los demás.

En una actividad frenética, nos preparábamos para

el desembarque inminente. Las sillas de extensión de las cubiertas habían sido retiradas para facilitar el paso incesante de los pasajeros que colocaban sus maletas en el sitio asignado, de donde los encargados las recogerían para llevarlas a tierra. A media mañana, unos cincuenta pasajeros habían concluido los trámites y esperaban ansiosos en el tope de la escalera, listos para ser transportados al puerto. Los oficiales cubanos interrumpieron en forma abrupta el proceso, ordenaron que todos regresaran a sus camarotes y abandonaron el *Saint Louis* sin dar explicaciones.

Esa tarde vimos desembarcar a los del *Orduña*, que salió del puerto sin problemas. Nos preguntábamos por qué continuábamos allí. Al día siguiente en la mañana llegó el *Flandre*, que nos saludó con la sirena y se colocó en el mismo lugar donde había estado el *Orduña*. Horas más tarde, sus pasajeros habían abandonado el barco y éste salía de la bahía. Los del *Saint Louis* estábamos cada vez más inquietos, no comprendíamos en qué red complicada nos hallábamos atrapados.

Como el tiempo pasaba, el Capitán convocó al Comité de Pasajeros a una reunión de emergencia. Estuvieron tres horas sin poder descifrar lo que sucedía, sin encontrar una solución. Schroeder trataba de obtener alguna información y sólo le comunicaban rumores, nada concreto. Papá regresó furioso a su camarote, donde lo esperábamos nerviosas mamá, mi hermana y yo. Nos dijo:

—Hace unas horas el Capitán recibió un cable del presidente de Cuba, Federico Laredo Brú. Se niega a admitirnos porque dice que el Ministro de Inmigración otorgó nuestras visas a sus espaldas y se robó el dinero. Las organizaciones de ayuda a los refugiados están en negociaciones con el gobierno de la isla y sospechan que lo que en realidad quieren los cubanos es más dinero. ¡Esto es inaudito! Nos cobraron por las visas y por la entrada al país y ahora nos negocian como ganado.

—Josef, ¿por qué los otros dos barcos ya salieron del puerto y pudieron desembarcar sus pasajeros sin problemas? Debe ser un malentendido, alguna dificultad con los trámites o porque el *Saint Louis* lleva casi mil pasajeros —dijo mamá.

—No, querida, lo que sucede es que el *Orduña* es británico y el *Flandre* es francés. No nos quieren porque somos alemanes, porque somos judíos. Es un problema político y de discrimen. Eso es lo que pasa —refutó papá, indignado, al tiempo que se dejaba caer sobre una butaca. Sentí una gran angustia al verlo tan indignado. Observé las profundas ojeras que rodeaban sus ojos enrojecidos.

Mamá intentó decir algo, sin éxito. Raquel comentó sarcástica que, después de todo, tal vez tirarse por la borda no era tan mala idea. Mamá la reprendió con firmeza y nos dijo al borde de las lágrimas:

—Jamás vuelvas a decir eso. ¡Nunca pierdan la fe, nunca!

Me quedé callada, absorta en mi propio mundo. Mis sentidos se inundaron de un *rondeau*, un *lai* francés, con un tempo melódico persistente y trémolo. La tristeza me invadía.

Los pasajeros hicieron fila durante horas para mandar radiogramas a sus familiares, a las organizaciones que ayudaban a los refugiados judíos y a todos los que pudieran interceder o hacer algo por nosotros. Papá nos contó que se habían enviado comunicaciones al Presidente Roosevelt, al Cardenal Spellman de Nueva York, al Juez Pecora de la Corte Suprema de Estados Unidos y, la mayoría, al Presidente de Cuba. Los mensajes desesperados del *Saint Louis* llegaban al mundo entero.

Al día siguiente, el padre de Renata y de Evelyn subió al barco, escoltado por tres policías cubanos, con la autorización escrita de las autoridades de la isla para llevarse a sus hijas. Cuando se despidieron de nosotras y vimos a las niñas tan contentas de reunirse con su padre, sentimos un gran alivio de que esas criaturas salieran de allí.

Cuatro días más tarde, aún el *Saint Louis* permanecía anclado en medio de la bahía de La Habana. Los ánimos cada vez más exaltados causaban peleas por cualquier tontería. El calor de sobre cien grados, al que no estábamos acostumbrados, era seco e insoportable.

El Capitán recibió varios radiogramas que informaban de marchas y protestas masivas que se realizaban en todo el mundo, en solidaridad con nosotros. También supimos que habían llegado a Cuba reporteros del *New York Times* y de otros periódicos de Estados Unidos, donde publicaron reportajes que pedían a Cuba que nos permitiera desembarcar. Las autoridades de la isla continuaban firmes en su negativa.

Ese mismo día llegó por radiograma la noticia de que el periódico alemán *Der Stuermer* exigía en su editorial que fuéramos devueltos de inmediato a Alemania y que nos enviaran a los campos de concentración. Eso reiteraba lo que para todos estaba claro: nadie nos quería. Los pasajeros estábamos cada vez más aterrados.

Nos habíamos convertido en una atracción turística. En medio del ruido y la frivolidad, como si se tratara de una feria, en el muelle de La Habana alquilaban telescopios y binoculares para observarnos, los vendedores de periódicos voceaban las noticias. Los periodistas se mantenían día y noche en alerta, por si ocurría algo nuevo.

En el barco la monotonía era notable y el calor agotador. Los pasajeros vagaban de un lado a otro sin saber qué hacer ni qué esperar. Algunos comentaban con sarcasmo que el *Saint Louis* se había convertido en un campo de concentración flotante.

El 1 de junio, un emisario del presidente cubano subió a bordo para informarle al Capitán que el gobierno de la isla exigía que abandonáramos el puerto de inmediato. Si no nos íbamos, la Marina de Guerra usaría la fuerza.

Schroeder estaba ansioso y muy preocupado. Se reunió en privado con papá y le comunicó, de manera confidencial, que había pedido unas horas de gracia a las autoridades para surtir el barco de alimentos, agua y otros suministros. En ese tiempo, iría a tierra e intentaría reunirse con el presidente de Cuba. Entre tanto, no tenía otra opción que ordenar la activación de los motores, pues así lo exigían las autoridades portuarias. Le pidió que informara al Comité lo que sucedía y que trataran de apaciguar a la gente. No había tiempo que perder.

Tan pronto fue evidente el ruido de los motores, muchos comenzaron a gritar desesperados y otros intentaron tirarse al agua. Los policías cubanos que aún se encontraban a bordo dispararon al aire y los hicieron retroceder. La tensión era insoportable y la situación estuvo a punto de salirse de control.

El Comité logró controlarla con la ayuda de los dos rabinos a bordo. Algunos tuvieron que ser sedados por el doctor del barco.

Entre tanto, el Capitán había desembarcado de incógnito, sin su uniforme, y ya se encontraba en La Habana. Allí lo esperaba el señor Arthur Meyer, representante del American Joint Distribution Committee, la organización de ayuda a los refugiados que estaba llevando el peso de las negociaciones. Había llegado de Nueva York y se encontraba en Cuba desde hacía varios días para tratar de convencer a las autoridades de la isla.

Primero se entrevistaron con el cónsul alemán, quien no quiso interceder ante el gobierno cubano. Les aseguró que los judíos no eran bienvenidos en la isla y que no serían aceptados. Luego fueron hasta el Palacio Presidencial para hablar con Laredo Brú y éste se negó a recibirlos. Por último, se dirigieron al despacho de Fulgencio Batista, el jefe del ejército cubano, pero lo único que lograron fue reunirse con un ayudante, que los despachó rápido y les dijo que no insistieran, que la decisión era final y firme.

Schroeder regresó desalentado al barco unas horas más tarde. Con esas acciones se había puesto en evidencia ante los nazis y sabía lo que significaría para su carrera y la seguridad de su familia. Lo esperaba un radiograma de la HAPAG, ordenándole que el *Saint Louis* regresara de inmediato a Europa.

El Capitán, que sabía bastante español, mostró a papá un ejemplar del *Diario de la Marina* de Cuba que había comprado en La Habana. En su editorial, a página completa, se oponía a que se admitiera a los pasajeros del *Saint Louis* porque "casi mil refugiados aumentarían el desempleo desmedido que tenemos en la isla". También traía los periódicos *Avance* y *Alerta*. Ambos repetían lo mismo, en el mismo tono de odio y sinrazón. Le dijo en tono derrotado: "Doctor, lo siento, hemos perdido la batalla, a menos que ocurra un milagro...".

Esa noche los rabinos dirigieron las oraciones. Los pasajeros estaban apesadumbrados y apenas hablaban, papá y mamá trataban de tranquilizarnos a Raquel y a mí, pero todo fue inútil. La salida de Cuba era inminente y nuestro destino se tornaba cada vez más incierto.

Temprano en la mañana del día siguiente, dos oficiales de inmigración de la isla subieron a bordo, expidieron permisos a otras seis personas para quedarse en Cuba y los llevaron de inmediato al puerto. No supimos por qué ni quiénes eran. Se rumoraba que tenían la ciudadanía cubana; otros comentaban que sus familiares habían pagado una fuerte suma de dinero al gobierno. Antes de abandonar el barco, el oficial de más rango se dirigió al Capitán y a papá para decirles en voz baja que sentía mucho lo que sucedía, que sólo cumplía órdenes y que nos deseaba buena suerte.

El señor Meyer, que había acompañado al Capitán en sus gestiones en La Habana, subió a bordo. Pidió permiso al Capitán para dirigirse a los pasajeros. Muy emocionado, reiteró que las organizaciones de ayuda a los refugiados, con el Joint al frente, no iban a permitir que nos regresaran a Alemania, que los ojos del mundo estaban puestos en nosotros y que mucha gente continuaría trabajando para encontrar una solución a nuestro problema. "El *Saint Louis* tiene ahora que salir del puerto, nos lo han ordenado y hay que obedecer. Eso nos permitirá ganar tiempo en lo que negociamos con Cuba o con otros países. Tengan fe, que Dios no nos va a abandonar", nos dijo emocionado. Los pasajeros lo ovacionaron. Todos, sin excepción, teníamos los ojos llenos de lágrimas. Sus palabras fueron un bálsamo, una inyección de esperanza para casi mil seres humanos hundidos en la angustia.

En un aparte, les dijo a papá y al Capitán que estaba indignado porque el Joint acababa de descubrir que, ocho días antes de que el *Saint Louis* zarpara del puerto de Hamburgo, el Presidente de Cuba había firmado un decreto que invalidaba las visas otorgadas a los inmigrantes judíos. La HAPAG tenía conocimiento de eso, pero dejó que el barco llegara hasta la isla, al parecer para justificar el cobro del dinero de los pasajes. El Capitán estaba furioso. Le pidió a papá que no comentara esa información con los demás, para no exaltar más los ánimos. La situación era tensa en extremo.

El Capitán informó al señor Meyer que llevaría al *Saint*

Louis a las costas de Florida, en un intento de que las autoridades norteamericanas nos aceptaran. Si eso no funcionaba, al menos pasarían unos días que le permitieran al Joint adelantar su trabajo.

Estábamos listos para zarpar. Tendríamos que abandonar Cuba y aparentar que regresábamos a Alemania. El Capitán comunicó a los pasajeros a través de los parlantes que nos dirigiríamos a la Florida, en un último intento de que Estados Unidos nos acogiera. Algunos miembros de la tripulación se opusieron, pero el Capitán dijo que asumía toda la responsabilidad por su decisión.

A pesar de que sabíamos por papá de la grave situación económica por la que atravesaba Estados Unidos, el cierre de miles de fábricas y los altos niveles de desempleo, una tenue esperanza, mezclada con escepticismo, reinaba entre nosotros. Necesitábamos creer que la caridad prevalecería sobre lo material.

Partimos al atardecer del viernes 2 de junio, escoltados por veintiséis lanchas de la policía cubana que alumbraban al *Saint Louis* con potentes reflectores y desde donde nos apuntaban con sus armas. Las embarcaciones pequeñas, repletas de familiares, se mantenían a distancia sin poderse acercar. Presenciaban apesadumbrados cómo salíamos despacio de la bahía. A lo lejos, una multitud observaba desde el puerto. Contemplábamos impotentes cómo se nos alejaba aquel pedazo de tierra que hasta ese momento habíamos creído sería nuestra salvación. Nos sentíamos desprotegidos, a la deriva.

Algunos miembros de la tripulación, envalentonados con las noticias y por las actuaciones del Capitán, entonaban canciones nazis en el Tanzplatz. Uno de ellos leía en voz alta una lista con las denuncias que presentarían contra él una vez desembarcaran en Alemania. Otro anunciaba a gritos el merecido que recibiríamos los judíos "para que no se olviden de que son una escoria". Presenciábamos indignados la escena. No nos atrevíamos a contestarles para no exacerbarlos más.

En reiteradas ocasiones Schroeder se había puesto en evidencia por defendernos, algo inconcebible para un alemán de su rango. Ya nadie tenía dudas de que algunos miembros de la tripulación eran espías nazis, por lo que papá temía que en cualquier momento mataran al Capitán, a él mismo o a algún pasajero y que se produjera una revuelta de grandes proporciones. Los ánimos estaban muy caldeados en ambos bandos. Papá alertó a los miembros del Comité para que estuvieran en guardia, atentos a lo que pudiera suceder.

El 4 de junio al amanecer llegamos frente a la ciudad de Miami, que se veía sin tener que usar binoculares. Contrario a La Habana, no era un sitio hermoso, sino una gran llanura árida, con pocos edificios, luces tenues y poco movimiento. Dos lanchas de la Guardia Costanera norteamericana interceptaron nuestro barco y, a través de megáfonos, nos ordenaron que saliéramos de las aguas territoriales de Estados Unidos. Varios aviones norteamericanos nos sobrevolaron a baja altura varias veces. El *Saint Louis* obedeció y se movió mar adentro.

Al día siguiente se recibió un mensaje del Joint, que informaba que el Presidente de Cuba había declarado que consideraba la posibilidad de admitir a los refugiados del *Saint Louis*, con la condición de que se quedaran en la Isla de Pinos. De nuevo la esperanza volvió a brillar entre nosotros, a pesar de que casi nadie sabía dónde quedaba ese otro sitio y si esa solución era temporera o definitiva. Lo único que el Capitán pudo averiguar fue que era una isla pequeña de unas 35 millas de ancho, de vegetación exuberante, que se usaba en parte como colonia penal.

De inmediato algunos comenzaron a hacer planes con entusiasmo. Decían que seguro no había sinagoga, pero que la construirían con sus propias manos, así como las casas, las escuelas y todo lo que hiciera falta. Un pasajero dijo en voz alta: "Les demostraremos que somos gente de bien, que vamos a trabajar y a levantarnos, a pesar de todo".

Horas más tarde, llegó otro cable del señor Meyer, del Joint. Informaba que el Presidente había desistido de su decisión de acogernos en Isla de Pinos porque había suscitado protestas y una gran oposición en Cuba. No podíamos entender cómo jugaban con nosotros de esa forma tan atroz.

El Capitán y el Comité enviaron dos radiogramas urgentes al presidente Roosevelt, en los que pedían auxilio. No hubo respuesta. Continuaron los mensajes al Presidente de Cuba rogándole que reconsiderara. También fueron ignorados.

El 6 de junio se recibió uno del Departamento de Estado de Estados Unidos, marcado urgente. Informaba que el procedimiento para solicitar entrada al país era colocarse en las listas de espera y pedir turno. Además, ratificaba la negativa a recibir más judíos y ordenaba que saliéramos de sus aguas sin más demora.

En la tarde llegó otro radiograma del presidente de Cuba, con su decisión final e irrevocable de no aceptarnos y en el que daba por concluidas las negociaciones. Informaba, además, que el *Flandre* y otro barco llamado *Orinoco* habían sido devueltos a Europa cuando se disponían a regresar a Cuba con más pasajeros. Luego, se recibió otro de la HAPAG, con la orden inapelable de regresar de inmediato a Alemania. Con todo lo sucedido, no nos quedaba duda de que no habría clemencia para nosotros. No parecía haber otra salida, todo había fracasado.

El *Saint Louis* se puso en marcha rumbo a Europa. Estábamos en cubierta, incrédulos, decepcionados, con los ojos fijos en la tierra norteamericana que también se nos negaba. Sabíamos que la travesía de regreso a Alemania nos aproximaba a un destino terrible y, en muchos casos, a la muerte. ¿Cómo podían ser todos tan injustos? Lo único que pedíamos era una oportunidad para empezar una nueva vida, lejos del horror que había en nuestro país.

¡Nos sentíamos tan humillados! Los nazis parecían tener razón: nadie nos quería. ¿Es que el mundo había cerrado los ojos para no enterarse del peligro en que nos encontrábamos? Yo también cerré los míos, para no ver cómo América se diluía en la distancia y en mis sueños.

A papá le pasaron la confidencia de que algunos pasajeros planeaban secuestrar el barco. Muy preocupado, se lo comunicó al Capitán, quien de inmediato convocó a una reunión para advertirles que no apoyaría a quienes cometieran actos criminales. Les informó que el Joint y otras organizaciones se encontraban todavía en negociaciones con algunos países europeos no ocupados para que nos acogieran y que él se comprometía a hacer todo lo posible para que no nos regresaran a Alemania. Recibió un aplauso cerrado y la mirada de censura de los tripulantes nazis, que salieron airados del Tanzplatz. Una vez más se había puesto en evidencia frente a ellos.

El 9 de junio, Schroeder llamó a su Primer Oficial y a papá a una reunión de emergencia, con carácter confidencial. Se había enterado de que Otto Schiendick, junto con otros nazis de la tripulación, planeaban presentar acusaciones criminales contra los pasajeros y contra él, para que fueran encarcelados tan pronto arribaran a Alemania.

Les contó, además, de su plan secreto, por si las negociaciones del Joint no tenían el éxito esperado. Se proponía llevar el barco cerca de Beachy Head, en la costa de Sussex, en Inglaterra, para incendiarlo y evacuar los pasajeros a tierra firme. Pidió a ambos que guardaran secreto absoluto, que no se lo dijeran ni a su familia y mucho menos a la tripulación. El elemento sorpresa —les dijo— era indispensable, sobre todo porque llevaban espías a bordo. Papá nos lo contó algún tiempo después.

Esa noche Raquel y yo estábamos aterrorizadas. Otra vez nos refugiamos en el camarote de nuestros padres en busca de alguna seguridad emocional, de alguna esperanza. Necesitábamos creer que nada malo podría sucedernos si estábamos juntos. Traté de tocar un rato el violín, pero los dedos no me obedecieron. Su sonido se había opacado, igual que mi ánimo. Cuando al fin me rindió el sueño, mis pesadillas estuvieron sazonadas con un motete monódico intenso que parecía haber sido compuesto en el infierno.

Durante la madrugada se produjo otra muerte en el barco. Se trataba de un joven alemán, miembro de la tripulación, que había sido visto varias veces muy entusiasmado en compañía de una de las pasajeras judías. Algunos comentaron que los nazis lo habían asesinado porque se había enamorado de ella y otros que se trataba de un suicidio. Nunca supimos qué le sucedió en realidad. En esa ocasión no hubo ceremonias. Tiraron el cadáver al mar al amanecer, sin detenernos y sin notificarlo a los demás.

El 14 de junio, cuatro semanas después de nuestra salida de

Alemania, de regreso a Europa, las gestiones del Joint rindieron frutos. Casi al mismo tiempo, llegaron varios radiogramas urgentes al *Saint Louis*: el rey Leopoldo II comunicaba que Bélgica aceptaría 200 refugiados, la reina Wilhelmina de Holanda a 176, Gran Bretaña acogería a 350 y Francia a 250. El Capitán convocó a los pasajeros y con alegría les comunicó las noticias, que fueron recibidas con alivio y un fuerte aplauso.

Para entonces hubo que empezar a racionar los alimentos, pues los suministros comprados en Cuba no resultaron suficientes. No había pan ni frutas y nos daban sólo medio vaso de agua en cada comida. La lavandería cesó operaciones, ya no disponíamos de sábanas ni toallas limpias y no podían lavar nuestra ropa. Se temía que el combustible apenas alcanzara para llegar al primer puerto europeo.

El Capitán ordenó redoblar la vigilancia. La gente estaba exasperada. El Comité organizó rondas preventivas día y noche, pues temía que hubiera más suicidios o que se produjera un motín. Los rabinos dirigían las oraciones en la mañana y en la tarde. Cualquier giro inesperado haría fracasar la operación. Papá y mamá no podían disimular su preocupación.

Cada injusticia erosionaba más mi fe, me sentía furiosa con la humanidad, por ser judía, por esa situación tan denigrante. No encontraba cómo solidarizarme con la preocupación de mis padres ni cómo animar a Raquel, que estaba muy deprimida. La rabia me arremetía en oleadas, apenas dormía en la noche y durante el día caminaba obsesionada por los pasillos para escuchar los comentarios de los demás, por si alguien decía algo nuevo. Mis padres me regañaban a menudo.

Una tarde escuché a una niña que preguntaba inocente a su madre: "Mami, si cuando lleguemos a Europa nos ponen en un campo, ¿van a dejar a papá ir a visitarnos?". Recordé las historias del señor Skolof y sentí un intenso terror que me paralizó. Corrí a esconderme en mi camarote y lloré durante mucho rato.

Mi único desahogo hubiera sido tocar el violín, pero la música se me tornaba cada vez más disonante, más diatónica. Las notas se escapaban elusivas, era incapaz de obligarlas a cobrar forma. Mis dedos estaban inertes, casi sin vida, como yo. Pasaba las horas abrazada a mi violín, como si quisiera que me trasmitiera algo de su grandeza, de su serenidad.

El 17 de junio en la mañana avistamos la costa de Bélgica. Congregaron a los pasajeros en el Tanzplatz, donde había varias mesas dispuestas para procesar los documentos. A la izquierda, para los que iban a Inglaterra y a Francia. A la derecha, para los que desembarcarían en Holanda y Bélgica.

A pesar de que con antelación le preguntaron a cada familia cuál era el país de su preferencia, nos habían advertido que la selección final sería inapelable. Como mamá era francesa, pedimos ir a París donde residían sus primos, a quienes trataría de localizar. Si no, al menos estaríamos en un territorio conocido.

Al *Saint Louis* se acercaron dos lanchas que traían a los oficiales de aduana e inmigración de los países que nos acogerían. Cuando abordaron los recibimos con aplausos. El Capitán y el Comité supervisaban los procedimientos, siempre bajo el omnipresente retrato de Hitler que tanto nos repugnaba. Mamá temblaba, estaba llorosa y muy pálida, nunca la habíamos visto así. Papá le pasó el brazo por los hombros y se dio cuenta de que ardía en fiebre. Nos pidió a Raquel y a mí que nos quedáramos con ella fuera del salón. Le pusimos un paño mojado en la frente y secamos sus lágrimas.

A las 2:30 PM, el *Saint Louis* atracó en el muelle 18 de Amberes, Bélgica.

—Qué curioso —dijo uno de los pasajeros—. Después del largo navegar y tantos problemas, hemos llegado apenas a trescientas millas de Hamburgo, donde comenzó nuestro viaje maldito.

Entre tanto, la juventud nacional-socialista realizaba una manifestación en el puerto. Los muchachos, muchos de ellos casi niños, vestían camisas pardas y una cinta roja con la esvástica negra amarrada a un brazo. Portaban banderas rojas con la insignia nazi y enormes retratos de Hitler. Nos gritaban improperios como: "Judíos de mierda, ¿por qué están de regreso?" y "Váyanse, cerdos, no los queremos". La policía belga los dispersó bastante rápido, pero nosotros de nuevo encarábamos nuestra realidad innegable. El destino, cada vez más incierto y cruel, nos daba una violenta bofetada y nos devolvía al caos. Me preguntaba una y otra vez qué habíamos hecho para merecer tanto odio. ¿Por qué nos insultaban de esa manera?

Los que bajaban en Bélgica abordarían un tren de carga, feo y destartalado, que podíamos ver desde el puerto. Partieron esa tarde entre despedidas y buenos augurios. Les dijimos adiós y les deseamos suerte.

El 18 de junio, a las 9:30 AM, después de desayunar, los que iban para Holanda abordaron el *Jan Van Arckel*, un pequeño navío que acababa de llegar y que los llevaría a Róterdam.

Mi amigo Mark tuvo la suerte de que lo enviaran a Ámsterdam, donde tenía familiares. Sabíamos que jamás nos volveríamos a ver. Se me acercó muy despacio, con los ojos húmedos. Nos abrazamos y besamos. Raquel nos vio y le pedí que no dijese nada. Me guiñó un ojo y se fue sonriente.

El *Jan Van Arckel* salió del puerto escoltado por varias lanchas de la policía belga. Mark me decía adiós con la mano desde el barco, hasta que lo perdí de vista.

Ese mismo día, a las 2 PM, los pasajeros restantes abordamos el *Rhakotis*, un barco que había anclado al lado del *Saint Louis* desde horas de la mañana y que llevaría los grupos de Francia y de Gran Bretaña. Cada uno recibió una cajita con un sándwich y una galletita dulce para el almuerzo, que acompañamos con un vaso de agua. En el *Saint Louis* sólo quedaba la tripulación. El Capitán, emocionado, le extendió la mano a papá.

—Doctor Felton, gracias. No sé si hubiéramos llegado a salvo hasta aquí sin su valiosa ayuda y su ecuanimidad —dijo. Papá casi no podía hablar, lo miró, asintió y le apretó la mano.

Schroeder permaneció largo rato en cubierta, muy serio, viendo el desembarco. Sus ojos claros estaban opacos, lucía triste y muy cansado. Una *cadenza* juguetona se entretuvo largo rato en mi cabeza. Meditaba sobre cuánto debíamos a aquel hombre. Temíamos por su seguridad de regreso a Alemania, pues habernos protegido y defendido iba a tener consecuencias terribles para él. Muy dentro de mí, le pedí a Dios que lo protegiera para que no le sucediera algo malo. Mis ojos se anegaron en llanto cuando le dije adiós.

Tan pronto abordamos el *Rhakotis*, nos dimos cuenta de que los camarotes no alcanzarían para las seiscientas personas provenientes del *Saint Louis*. Muchos tuvieron que dormir en las sillas de extensión de los pasillos exteriores y en los sofás de los salones. Nosotros tuvimos la suerte de que nos asignaran un camarote estrecho, donde nos acomodamos los cuatro lo mejor que pudimos. Mamá había recobrado un poco la serenidad acostumbrada en ella y trató de darnos ánimos. Es posible que la entusiasmara ir a su patria y, sobre todo, a París. "Allí no hay nazis", nos dijo sonriente.

La cena fue frugal y nos quedamos con hambre. Era evidente que el barco no estaba preparado para tanta gente. Al menos permanecíamos juntos y, por el momento, eso era suficiente. Nos tranquilizaba no tener que regresar a Alemania.

Salimos del puerto temprano a la mañana siguiente. La sirena del *Rhakotis* emitió su sonido característico y el *Saint Louis* le contestó. El Capitán y otros tripulantes nos dijeron adiós, pero uno de los nazis nos gritó con sorna, entre las risas de quienes lo rodeaban: "Aprovechen los días de libertad que les quedan, porque en Dachau les van a rapar las barbas". Recordé con escalofríos lo que nos contó el señor Skolof de lo que había sufrido en ese sitio. Un sonido atonal, grave y aterrador, se entretuvo un rato en mi cabeza. Miré al cielo, que se había cubierto de un gris plomizo y amenazaba tormenta.

Navegamos durante todo el día frente a las costas belgas y francesas, en medio de truenos y una lluvia copiosa. La noche cayó maciza, oscura, sin estrellas ni luna. El *Rhakotis* daba bandazos por el mal tiempo y apenas podíamos tenernos en pie. Muchos se marearon, por lo que papá estuvo de un lado a otro tratando de atenderlos, sobre todo a los ancianos y a los niños. Mamá, Raquel y yo lo ayudamos; al menos eso nos mantuvo entretenidas durante el viaje.

A las 4:30 de la madrugada del 20 de junio llegamos al puerto de Boulogne-sur-Mer, donde nos esperaba el señor Franz Lambert, secretario general de la agencia francesa de asistencia a los refugiados.

Cuando subió a bordo y nos dijo con entusiasmo: "Bienvenidos al territorio libre de Francia", sentí una extraña alegría incrédula. Un torrente musical de percusiones estridentes secuestró mi razón. ¿Por cuánto tiempo sería Francia un territorio libre? Después de lo que nos había tocado vivir, estábamos convencidos de que los nazis eran invencibles. ¿Cuánto tardarían en alcanzarnos? ¿Quedaría algún sitio seguro donde escondernos? Tenía miedo, mucho miedo, un terror punzante a que alguien pudiera responder a mis preguntas. Sin embargo, no puedo negar que estábamos contentos, sobre todo mamá, por haber llegado a Francia.

En Boulogne-sur Mer desembarcamos 250 pasajeros. Los restantes seguirían esa noche en el *Rhakotis*, rumbo a Southampton, Inglaterra. Los maleteros se negaron a aceptar propinas por acarrear nuestro equipaje, un gesto que nos devolvió un poco la fe en la humanidad. Se despidieron sonrientes y nos desearon buena suerte.

Esa noche nos alojamos en un hotel modesto, otra vez los cuatro en una sola habitación. Conversamos largas horas e hicimos planes, hasta que caímos rendidos. A pesar de las preocupaciones que nos atormentaban y de la incertidumbre sobre nuestro futuro, por primera vez en mucho tiempo estábamos más tranquilos. Una monódica canción de cuna me arrulló, hasta que me quedé plácidamente dormida cerca de papá.

A la mañana siguiente, acompañados por el señor Lambert, tomamos un tren hasta Le Mans. Allí entregó algún dinero a cada familia y los grupos se dividieron. Se aseguró de que el nuestro, compuesto por treinta personas, tomara el tren hacia París. Los otros iban a diferentes destinos en el interior del país. Le agradecimos su ayuda y nos despedimos.

Los asientos del tren eran de madera y el viaje duró cinco horas. Llegamos molidos a París. Mi hermana y yo teníamos gratos recuerdos de la ciudad y de las visitas frecuentes a nuestros abuelos maternos, fallecidos hacía pocos años. En Francia nos sentíamos a salvo, fuera del alcance inmediato de los nazis.

En la estación de trenes nos esperaba un agente de la

organización para la que trabajaba el señor Lambert. Condujo al grupo a la oficina de la *rue* Rivoli 204 para ubicarlos en varias localidades. Nos atendieron con amabilidad y una de las empleadas fue con nosotros hasta un edificio muy viejo que quedaba cerca, en un sector céntrico del Distrito uno. En el camino se excusó de lo "inadecuado" del alojamiento que nos ofrecían.

El edificio de ocho pisos no tenía ascensor y nuestro apartamento quedaba en el quinto, constaba de una habitación, un baño y una minúscula cocina destartalada. Los muebles eran escasos: una mesa cuadrada, cuatro sillas y un sofá de color indefinido que, sin duda, había visto mejores tiempos. Las dos camas eran estrechas, las juntamos y nos acomodamos los cuatro como pudimos. Resultaba inevitable que comparáramos aquel sitio con nuestra casa de Bremen, un estilo de vida ya lejano.

La economía del país era precaria. Cada día cerraban más negocios y la gente vagaba sin rumbo por las calles en busca de empleo, el que fuera, con tal de poder comer. Nuestra situación era desesperada, el poco dinero que nos quedaba pronto se terminaría.

Unas semanas más tarde, la organización francesa de ayuda a los refugiados logró colocar a mamá como operaria en una fábrica de uniformes, un trabajo mal pagado. A papá le fue más difícil, pues la gente temía emplear a los judíos y, además, no tenía licencia para ejercer la medicina fuera de Alemania. Luego de varios meses de tocar innumerables puertas, de humillarse y de rogar, consiguió trabajo como conserje en unos almacenes de equipo farmacéutico. Aceptó enseguida, a pesar de lo denigrante que resultaba para un profesional como él.

Me apenaba profundamente que mamá estuviera de pie tantas horas y ver a papá regresar extenuado cada tarde, con las uñas sucias y los dedos llenos de ampollas. Sus manos delicadas que tenían el don de curar a los demás y salvar vidas, ahora se sumergían en el agua inmunda de los pisos. Sus instrumentos médicos reposaban olvidados dentro de una maleta.

No encontramos ni rastro de los primos de mamá. Al

menos pudimos matricularnos en la escuela para continuar nuestros estudios. Como mi hermana y yo dominábamos el francés, no tuvimos problemas. Raquel asumió bastante bien la nueva situación, pero yo me abstraía cada vez más en mi propio mundo, aferrada a mi violín y a mi meta de convertirme en concertista, que cada vez se me alejaba más. Las melodías internas que me habían atormentado tanto en los últimos meses, dejaron de manifestarse.

Hicimos amistad con Fritz y Gertrude Bendowski, un matrimonio mayor judío-francés, dueños de una panadería cercana. A la salida de la escuela, mi hermana y yo los ayudábamos con la limpieza del negocio y en otras tareas, a cambio de algunos alimentos y pan. De esa manera hacíamos nuestra aportación a la casa y aliviábamos la carga de nuestros padres. Fritz, adusto y parco en palabras, no tenía mucha comunicación con nosotras. En cambio, Gertrude era generosa y habladora. Nos recibía cada tarde de muy buen humor, con una amplia sonrisa y un dulce. A menudo nos recompensaba con un poco más de lo que nos correspondía. "Por un trabajo bien hecho", nos decía con tono de complicidad.

Los meses siguientes transcurrieron en una frágil tranquilidad. Las noticias amenazantes se sucedían perturbadoras. Alemania, en su avance inexorable, invadía a Dinamarca, Noruega, Bélgica, Holanda, Luxemburgo y el norte de África. La radio informaba de medidas cada vez más severas contra los judíos en casi todos los países de Europa. Y nadie parecía darse cuenta, como si fuera mejor ignorarlo. ¿Qué le sucedía al mundo?

Nos preguntábamos cuánto tiempo tardarían los nazis en llegar a Francia, que para entonces también le había declarado la guerra a Alemania. En los primeros días de junio, la radio informaba del ataque feroz del ejército alemán, que avanzaba desde el Mosa. La rendición francesa se produjo en forma pacífica y París no fue bombardeada como otras ciudades de Europa. Los nazis entraron triunfantes el 14 de junio de 1940, con un desfile monumental de las *panzerdivisionen* por los Campos Elíseos hasta el Arco de Triunfo de L´Etoile, en medio del estupor y la tristeza de la población.

Cuando vimos desaparecer las banderas francesas de los edificios más emblemáticos de la ciudad y que ondeaban las rojas con la esvástica negra, comprendimos que otra vez el destino se burlaba de nosotros. Nuestras pesadillas más aterradoras se habían convertido en realidad. Los nazis nos habían alcanzado.

Los dirigentes del gobierno francés dimitieron y tres días más tarde, con la anuencia de Hitler, el Primer Ministro Pétain asumió el poder y se dirigió al país por la radio para pedir a los franceses que depusieran las armas y colaboraran con los alemanes. Poco después firmó un armisticio con Alemania e Italia. Francia quedó dividida en dos: el norte bajo el control absoluto de Hitler y el sur en una mal llamada "zona libre", cuyo centro sería el balneario de Vichy, con un régimen colaboracionista dirigido por Pétain. Al mismo tiempo, el general De Gaulle instaló un gobierno en el exilio, en el Reino Unido, desde donde inició el movimiento de resistencia Francia Libre.

Comenzó entonces lo que conocíamos muy bien: la persecución, las palizas en medio de las calles, el mandato de llevar la estrella amarilla cosida en la ropa, las prohibiciones de acceso a los sitios públicos, la injusticia, el horror.

Una mañana, al llegar a la escuela donde estudiábamos Raquel y yo, encontramos letreros de odio en todos los pizarrones: "Los judíos son nuestros enemigos, cuidado con ellos". Los compañeros dejaron de hablarnos, como si de pronto nos hubiéramos convertido en apestadas. Esa tarde se emitió la orden de que, en lo sucesivo, los judíos no podrían asistir a los centros de estudio. De nuevo, tuvimos que quedarnos en la casa.

En esos días hubo una gran quema de libros en las calles. Obligaban a la gente a entregar los textos que tuvieran en su poder de autores no arios. Fueron reducidos a cenizas Bertolt Brecht, Alfred Kerr, Lion Feuchtwanger, así como los norteamericanos Jack London, Ernest Hemingway, Thomas Mann y muchos más. Todo lo que no fuera aprobado por los nazis era considerado "arte degenerado" y había que quemarlo, debía desaparecer, lo mismo que se proponían hacer con los judíos.

Poco después a papá lo despidieron del trabajo. Mamá, como era francesa y de origen cristiano, logró conservar el suyo y se convirtió en el único sostén de la familia. A Fritz y Gertrude los arrestaron y no supimos más de ellos. La panadería, como muchos otros negocios, permanecía cerrada. Otra vez nos convertían en subhumanos, de nuevo no valíamos nada y al mundo parecía no importarle.

Se comentaba que Hitler había ordenado destruir la ciudad. La gente tenía miedo, miles atestaban las carreteras, que eran bombardeadas con frecuencia; los soldados parecían estar por todos lados. Intentamos salir de París, pero desistimos enseguida. Sin transportación ni dinero, no podríamos llegar muy lejos.

Los nazis habían instalado cerca de nuestra vivienda sus cuarteles generales de la Gobernación Militar de París, en la *rue* de Rivoli 228, en el Hotel Meurice. El despliegue de banderas rojas con la esvástica era impresionante. La Place Vendome, con su imponente obelisco en el centro, estaba llena de soldados a toda hora. Nos atemorizaba tenerlos tan cerca.

En aquellos tiempos nuestra preocupación mayor era pasar inadvertidos, ocultarnos, diluirnos en la gran ciudad. Papá se quedó con nosotras en el apartamento y mamá procuraba retener su trabajo. Un día papá nos dijo con el semblante adusto:

—Hijas, si yo les faltara, prométanme que van a cuidar de mamá. Ustedes son jóvenes y fuertes. Suceda lo que suceda, resistan, luchen para sobrevivir, no les debe importar el precio. La guerra tiene que terminar algún día.

Jamás lo había visto tan angustiado. ¡Sentí tanto miedo de que lo que nos pedía se convirtiera en realidad! Raquel lo miraba inexpresiva, temblaba y había enmudecido. Buscamos refugio en su regazo, como cuando éramos pequeñas. Sus brazos protectores nos rodearon. No podíamos imaginar lo que nos tocaría vivir y cuánto sus palabras y el recuerdo de ese momento nos servirían de fortaleza en los tiempos venideros.

Cuando levanté la cabeza, tenía los ojos llorosos. Tuve la certeza de que estaba dispuesto a dar su vida por nosotras. No pude emitir una sola palabra, sólo asentí y Raquel hizo lo mismo. Todo estaba dicho. Nuestro frágil mundo se derrumbaba y a nosotras nos tocaba ser las fuertes.

Estábamos muy mal de dinero, lo que mamá ganaba apenas nos alcanzaba para hacer una sola comida al día. Nos desconectaron la calefacción porque no podíamos pagarla y, cuando llegó el invierno, aquel apartamento se convirtió en una nevera. Dormíamos muy juntos los cuatro, debajo de la única manta que teníamos, para darnos calor y esperábamos con ansia el día que nos traía unos rayos de sol. Raquel tenía pesadillas casi todas las noches, mamá estaba delgada y muy pálida, papá casi no hablaba. Yo me abstraía cada vez más.

Los días transcurrían densos, con menos esperanzas. Los eventos en Francia iban de mal en peor. El gobierno colaboracionista instalado en Vichy cometía las mismas atrocidades que los nazis. Me atormentaba lo que papá nos había pedido. La música ya no me importaba y, poco a poco, dejé de practicar. Mi violín y mi ánimo yacían empolvados en un rincón.

Para conservar su empleo, mamá tuvo que soportar humillaciones y las condiciones más denigrantes. Estaba casada con un judío y eso la hacía indigna ante los nazis. Ella y papá acordaron que él no volvería a intentar buscar trabajo, porque la situación para los judíos se tornaba cada vez más difícil. Nos habíamos convertido en apestados, la gente nos despreciaba.

Papá se dedicó a enseñarnos a Raquel y a mí, para que no nos rezagáramos en nuestros estudios. "Para cuando todo vuelva a la normalidad", nos decía. Durante más de un año subsistimos de manera precaria. Los ánimos estaban caldeados, los soldados pululaban por todos lados y el riesgo de ser aprehendidos era muy grande. Casi no salíamos a la calle para que no nos vieran. Sabíamos que el alcance de los nazis era inexorable y que, tarde o temprano, nos cazarían como a las liebres.

El 16 de julio de 1942 ocurrió la *grande raffle*, en la que miles de judíos fueron capturados en las calles y sacados de sus casas. Los vecinos llegaban agitados, con noticias de palizas y arrestos masivos. El ruido proveniente de la calle, los gritos, los sonidos de las botas de los soldados, la prisa de los vehículos, los frenazos y el ulular de las sirenas comprobaban lo que sucedía.

Como temíamos, esa tarde mamá no regresó a la hora acostumbrada. Nos aterrorizaba pensar que estuviera entre los detenidos. No sabíamos qué hacer ni a dónde ir a buscarla. Papá no se atrevía a dejarnos solas, por si también lo capturaban. Toda la noche estuvimos con los ojos fijos en el reloj que, por un extraño sortilegio, transformaba los minutos en horas. Suspendidos de un frágil hilo de esperanza, rogábamos que aquello fuera una terrible pesadilla y que mamá abriera la puerta en cualquier momento.

Ninguno de los tres pudo dormir. El amanecer sorprendió a papá sentado en una esquina de la cama con la mirada fija, perdida en un punto inexistente. Raquel sollozaba sin consuelo. Mis ojos áridos se negaban a llorar, mi cuerpo temblaba y estaba a punto de desfallecer. Creí que los tres enloqueceríamos. Intentaba conservar la calma, consolarlos a ambos, a mí misma, todo fue en vano. El terror me paralizaba, invadía todos mis sentidos. Un grito sordo recorría incontrolable por mis entrañas, a punto de explotar en mi pecho. Algo no melódico, un golpeado dísono de timbales, platillos y tambores, percutía *in crescendo* en mi cabeza.

Al mediodía nos estremeció lo que temimos durante tanto tiempo: el chirrido de las gomas de los vehículos militares y el eco brusco inconfundible de las botas de los soldados que subían las escaleras con rapidez. Los golpes secos retumbaron en cada una de las puertas del edificio, donde vivíamos muchos judíos. Papá tuvo que abrir la puerta. Los soldados irrumpieron en nuestra vivienda y, apuntándonos con sus armas, nos ordenaron a gritos que preparáramos pronto una maleta por persona y que saliéramos de inmediato. A toda prisa echamos algo de las pocas pertenencias que teníamos y yo me aferré a mi violín. Temí que me lo quitaran, pero en la confusión del momento, no se dieron cuenta. Salimos a toda prisa, en medio de los empujones de aquellos hombres.

Frente al edificio estaban estacionados los camiones para el traslado de los detenidos. Un militar de uniforme impecable y botas lustrosas dirigía la operación con una serenidad pasmosa. Parado en medio de la calle, con las piernas separadas y una fusta en la mano derecha, aprobaba sonriente cómo sus subordinados, a insultos y culatazos, maltrataban a aquel hatajo de seres humanos desvalidos y muertos del miedo.

Los soldados empujaban a los niños, los agarraban por un brazo, por la ropa, por el pelo y los tiraban dentro del camión. Los que pasaban por la calle y asistían al espectáculo aplaudían, proferían insultos contra los judíos y les hacían coro para congraciarse con ellos. Sólo dos mujeres se atrevieron a enfrentarse a los soldados para tratar de detenerlos y defender a los niños. Ambas fueron arrojadas también al camión. ¿Qué le sucedía a la humanidad? ¿En qué nos habíamos convertido?

Fuimos trasladados a los cuarteles de la SS para ser interrogados. Los lamentos y gritos de nuestros compañeros de viaje resultaban espeluznantes. Estábamos muy asustados. Después de ver la insensibilidad y crueldad de aquellos hombres, estaba segura de que iban a asesinarnos cuando llegáramos a nuestro destino.

Nos tuvieron varios días hacinados en unas celdas de la Comissariat General aux Questions Juives, con cientos de personas desconocidas, cuyo delito parecía ser el mismo nuestro. Apenas nos dieron comida y agua. Disponíamos de sólo dos servicios sanitarios, desbordados de excrementos. El hedor resultaba insoportable.

Las palizas fueron constantes. Por suerte, no nos separaron de papá, que nos decía con frecuencia: "Tenemos que resistir, no podemos dejar que nos intimiden". La realidad era que Raquel y yo estábamos aterrorizadas. Estoy segura de que él también. Yo continuaba aferrada a mi violín y trataba de ocultarlo de los guardias. Me sorprendía que no me lo hubieran quitado.

Teníamos la secreta esperanza de encontrar a mamá. Con una mezcla extraña de alivio y temor, deseábamos que se hubiera podido esconder en algún sitio, pero no dejábamos de mirar a todos lados por si la veíamos.

Unos días más tarde, nos metieron de nuevo en los camiones y nos trasladaron a la estación de trenes, sin informarnos a dónde nos enviaban. Los tres mirábamos desesperados cada uno de los rostros de aquella masa humana que obligaban subir a los vagones. Casi al unísono, divisamos en el andén una silueta familiar, una mujer harapienta, de hombros caídos, que arrastraba los pies con torpeza, como si no supiera a dónde se dirigía. Reconocí su perfil y el cabello rojizo opaco. Dudé, aquella mujer parecía una pordiosera, una anciana, no podía ser ella.

—¡Mamá! —la llamé.
—¡Vera! —gritó papá.

Ella giró despacio la cabeza. Sus otrora ojos azules habían perdido el color y se hundían en profundas sombras negras. Su mirada acuosa reflejaba un laberinto de pesadillas. Tenía un hematoma en el pómulo derecho y una herida en la frente, con la sangre coagulada. Los tres corrimos hacia ella, papá se adelantó con una carrera, la abrazamos entre lágrimas. Apenas reaccionó, estaba atontada, como si no nos reconociera. Los soldados gritaban y nos empujaban con las culatas de sus armas para que camináramos de prisa. Aguantaban sus perros listos para atacar.

Nos obligaron a subir a un tren para transporte de ganado, sin asientos, las ventanas tapiadas con unos burdos tablones de madera. En cada vagón, de unos nueve metros de largo, se hacinaban cientos de personas. Cerraron con fuerza las puertas corredizas que produjeron un estruendo. La gente gritó desesperada. ¿A dónde nos llevaban?

Logramos colocarnos en una esquina y ubicamos a mamá cerca de unas pequeñas rendijas en las ventanas, para que pudiera respirar un poco de aire fresco. Papá la abrazaba protector y examinaba sus heridas. Mi hermana y yo los contemplábamos con tristeza. Me aferraba a mi violín como a una tabla salvadora. Las palabras de papá afloraron a mi mente, acompañadas de un *kyrie*, una aterradora melodía de fondo que no me abandonaría durante casi todo el trayecto. Teníamos que sobrevivir, no importaba el precio.

El tren se puso en marcha y los gritos se hicieron ensordecedores. Como el vagón iba repleto, con los bandazos era imposible permanecer en pie, tampoco había espacio para sentarse. Intentábamos mantener el equilibrio emocional y físico. El calor era sofocante y, además, estábamos desfallecidos por el hambre, la sed, las humillaciones y los golpes recibidos. Llevábamos un signo de interrogación en los ojos, sin poder entender la justificación de aquella espantosa pesadilla. Contemplé con horror lo que le sucedía a nuestra familia y a nuestro pueblo.

Varias horas más tarde, el piso estaba cubierto por una mezcla pegajosa de orines, excrementos y vómitos, sobre todo porque se había desbordado un cubo que los nazis dejaron allí para que hiciéramos nuestras necesidades, como si fuéramos animales. Como el aire fresco apenas entraba, el hedor se nos metía por la nariz, por la boca y nos producía náuseas incontenibles. En nuestro vagón iba una mujer embarazada que vomitaba sin control, tres ancianos murieron por asfixia, varias personas yacían inconscientes y los niños lloraban desesperados.

Más tarde, por entre las rendijas, empezamos a ver anuncios en un idioma desconocido. Una pareja que iba en el vagón nos dijo en voz baja que estaban en polaco. Luego, varios letreros informaban que nos acercábamos a un sitio llamado Oswiecim. Así fue que nos dimos cuenta de que habíamos atravesado Alemania y de que estábamos en Polonia, ocupada por los nazis desde 1939. No parecían ser buenas noticias.

Otro hombre comentó que en Polonia había varios campos de trabajo y que Auschwitz estaba considerado el más terrible de todos. Era la primera vez que escuchábamos ese nombre, pero recordé lo que nos había relatado el señor Skolof sobre su experiencia de horror en el campo de Dachau. Un temblor frío e incontenible recorrió todo mi cuerpo. Miré a mis padres y a mi hermana. Los cuatro estábamos petrificados por el miedo, nos acercábamos al desastre y nada podíamos hacer.

Poco después el tren frenó abruptamente y perdimos el equilibrio. De nuevo las puertas se abrieron con gran estruendo. Los soldados nazis nos recibieron a gritos, con una sarta de improperios. *Alle heraus!* ¡Todos afuera! A empujones nos ordenaban que bajáramos de inmediato. Aquel viaje espantoso había durado catorce horas.

Los familiares no podían tocar a sus muertos ni auxiliar

a los que se habían desmayado o que estaban muy débiles. A quienes no pudieran bajar de los vagones, los soldados los ultimaban allí mismo, en medio de risas y comentarios despectivos.

Alles dort lassen! ¡Dejen todas sus cosas aquí! Nos gritaban una y otra vez para que sacáramos nuestras maletas y las dejáramos en el andén. Decían que podríamos recogerlas luego en un almacén llamado Kanada. Agarré mi violín, un soldado me lo arrebató y lo tiró al piso del vagón, sobre la inmundicia, y me preguntó burlón si pensaba darle un concierto a los muertos. Una parte de mí se desgarró. Aquel instrumento era el único nexo que me quedaba con mi propia vida, con la cordura.

Teníamos la visión borrosa, los labios arenosos e hinchados. La sed nos abrasaba la garganta y el hambre punzaba nuestros intestinos. No habíamos tomado agua ni ingerido alimentos durante más de veinticuatro horas. Estábamos exhaustos, débiles, aterrorizados, pero eso no les importaba. Nos acercaban amenazantes sus perros feroces, dispuestos a lanzarse sobre nosotros. Debíamos andar de prisa, no importaba que estuviéramos enfermos, que se tratara de un anciano, una mujer o un niño. Si alguien se caía, lo golpeaban para que se levantara. Si no, lo mataban allí mismo de un balazo.

Mamá y papá parecían haber envejecido años durante esas últimas horas. Raquel, con una inmensa ternura, le sonrió a mamá. Hice lo mismo con papá y le dije muy quedo: "Recuerda que tenemos que ser fuertes, tenemos que sobrevivir. Estamos juntos y eso es lo importante". Con un amago de sonrisa asintió, sin decir palabra, con la tristeza reflejada en su rostro. Un soldado nos empujó con violencia y caímos al piso.

Nadie nos dijo dónde estábamos ni por qué nos habían llevado hasta allí. Lo que sí quedaba muy claro era que esa gente no toleraba la debilidad ni la desobediencia. Papá sostenía con fuerza a mamá, ayudándola a caminar. Raquel temblaba del miedo y temí que fuera a desmayarse. En ese momento me di cuenta de cuánto quería a mi hermana. La tomé de la mano y se lo dije. Tal vez después fuera tarde.

Procuraba pisar fuerte y trataba de contener las lágrimas

por la pérdida de mi violín, por las vejaciones a que nos sometían, por todo lo que nos arrebataban. Estaba convencida de que al final del camino nos esperaba la muerte.

En una escena de espanto, miles de personas andrajosas y malolientes, medio vivas o medio muertas, avanzábamos arrastrando los pies por un sendero polvoriento, que nos pareció interminable. De pronto, nos encontramos ante un imponente portón de hierro. En su arco superior, se leía la inscripción *"Arbeit macht frei"* que significa "El trabajo os hará libres".

Me horroricé al sentir cómo la música regresaba de golpe a mi cabeza, a raudales, en acordes atropellados. Era el *Totentanz*, la danza macabra.

Alguien gritó:

—¡Estamos en Auschwitz!

Segundo movimiento — *Andante impetuoso*

La silueta de Alex se reflejaba en la pared de la habitación en penumbras. De pie ante los dos ataúdes, trataba de asimilar el dolor que lo invadía. Una mujer joven acababa de entrar y lo observaba desde lejos. "Qué distinto al Alex que conozco. Debe ser la transformación que emerge tras el sufrimiento. El virtuoso que llena las grandes salas de conciertos, el mimado de todos los públicos del mundo, el que da la impresión de no necesitar nada ni a nadie, ahora no es más que un hombre golpeado por la muerte, un hombre muy solo", pensó. Se quedó allí, sin moverse, absorta en su reflexión. No quiso interrumpir el diálogo angustioso, imprescindible, que el hombre parecía sostener con sus recuerdos.

La gente comenzaba a llegar. Armand entró presuroso y abrazó a la mujer, su hermana. Se acercaron a Alex.

—¡Mariana!, sabía que vendrías —exclamó con tristeza. Ambos se fundieron en un largo abrazo.

—No podía faltar, ellos fueron como mis padres —asintió ella.

—Y te querían mucho, lo sé.

—¿Cómo sucedió? Es tan terrible…

—Hablamos hace dos días, como solíamos hacer antes de mis conciertos. Bromeamos e hicimos planes para encontrarnos en París. ¡Si hubiera sabido que era la última vez que iba a oírlos! Estoy devastado, no puedo creerlo.

Mariana no supo qué contestarle. La súbita muerte de Henry y Amalia había tomado por sorpresa a todos. La pareja adoraba a su único hijo y a ella la consideraban parte de la familia, a pesar del divorcio.

"Cómo cambia la vida en un instante", pensó Alex. El tío Leo llamó para darle la noticia cuando estaba a punto de empezar su concierto en el Carnegie Hall. No supo cómo logró tocar la *Petrushka* y tampoco podía recordar el *encore* que ofreció ni los aplausos, sólo la urgencia dolorosa por salir del escenario y quedarse a solas para exigirle a Dios una respuesta.

Tan pronto terminó el concierto, él y Armand se dirigieron de prisa al aeropuerto. Armand tenía más detalles de lo sucedido: "un accidente, un camión chocó de frente el automóvil de tus padres y murieron en el acto", dijo.

Apenas hablaron durante el vuelo. Alex simuló que dormía, no le apetecía hablar, las imágenes lo rondaban. Evocó los momentos felices cuando sus padres viajaban para encontrarse con él, la chispa jocosa de su madre, la sabiduría de su padre. Solían sentarse en las primeras filas del teatro y a él le producía satisfacción verlos allí. Luego ellos regresaban a su hogar en Puerto Rico y él seguía su itinerario, con su asistente y gran amigo Armand, de ciudad en ciudad, de país en país.

Se hundió en una pavorosa oquedad, en un silencio absurdo y aterrador donde no cabían las risas ni la música. Sus rostros se le desdibujaban aunque trataba desesperado de retenerlos. Los había perdido para siempre.

El avión se acercaba a Puerto Rico. Divisó las playas y el hermoso paisaje tropical. Aun en su apartamento de París, donde tan a gusto se sentía, echaba de menos esa isla caribeña, la patria de su madre, donde creció y estaban sus raíces. Sintió un intenso dolor cuando comprendió que sus padres no estarían esperándolo.

Ofició el funeral el pastor de la iglesia metodista a la que asistían los York. Familiares, amigos, periodistas, dignatarios del gobierno y lo más granado del mundo artístico y musical se dieron cita en solidaridad con el pianista. En primera fila, Javier y Alicia, los padres de Armand y Mariana, los mejores amigos de los York, sus vecinos y asiduos compañeros de viajes. En sus rostros se reflejaba el dolor y la incredulidad.

Alex permaneció cabizbajo durante la ceremonia. Su tío Leo, el único hermano de su madre, se dirigía a los asistentes en representación de la familia. Con voz apenas audible, Alex agradeció las expresiones de condolencia y deseó que terminara pronto aquel desfile.

Armand y Mariana lo acompañaron de regreso a la antigua casona familiar llena de recuerdos, en la que cada rincón contaba su propia anécdota. En medio de la sala, lo esperaba su viejo piano de cola, que Amalia siempre mandaba afinar cuando sabía que su hijo iba a llegar. En esa ocasión, se encontraba desafinado, sin voces, como Alex mismo.

—¿Recuerdas cómo papá se opuso a que estudiara música? Quería que fuera ingeniero, como él. A principio me decía una y otra vez que los pianistas se mueren de hambre, para que desistiera de la idea —reflexionó Alex, dirigiéndose a Armand, con nostalgia y una media sonrisa.

—A tu madre le costó mucho trabajo convencerlo, pero Henry se rindió cuando se dio cuenta de tu talento y de que estabas decidido. Al final, cuando te vio triunfar, terminó por ser tu mayor admirador —acotó Armand, quien sentía un afecto profundo por el padre de Alex, a quien consideraba su amigo, a pesar de la diferencia en edades.

Alex asintió. Tenía los ojos llenos de lágrimas.

—¿Qué vas a hacer con la casa? —preguntó Mariana, como si quisiera desviar la conversación hacia temas más tangibles.

—Dejársela al tío Leo. Después de todo, una vez fue de sus padres. Es muy grande y no tendría sentido que yo la conservara. De todas formas, me gustaría comprar un apartamento en San Juan. No quiero perder el contacto con Puerto Rico y me gusta venir cada vez que puedo. Aquí me desconecto de todo. Voy a llamar a Felipe, el abogado de papá, para que se ocupe de iniciar los trámites.

—En este archivo hay muchos papeles —comentó Mariana, al ver las gavetas que Alex acababa de abrir.

—Por lo que veo, tenemos mucho trabajo. Hay que poner todo en orden. Ah, no te había dicho que, cuando Pollot llamó a la funeraria para darte el pésame, me reconfirmó los detalles del concierto en París el mes próximo. Me dijo que llamará de nuevo para concretar algunos asuntos de los conciertos de Berlín y Praga. Por suerte tienes el piano aquí mismo, así que voy a llamar al afinador. Ocúpate de practicar y yo me encargo de lo demás —dijo Armand.

—Como siempre, querido amigo, como siempre —asintió Alex.

—Si desean, puedo ayudarlos a organizar los papeles. Estoy de vacaciones y voy a quedarme todo el verano en la isla, con mis padres. De todas formas, estaré aquí mismo, en la casa de al lado —dijo Mariana.

—Por supuesto, Mariana, te lo agradezco mucho. Tu ayuda nos vendrá bien —contestó Alex.

No la veía desde el divorcio, hacía cinco años. "Debe tener ahora treinta y cinco años. Se ha convertido en una mujer muy interesante, con otro aire, más segura de sí misma. Tiene una chispa en los ojos que no recordaba", pensó. Admiró su perfil estilizado y el cabello largo castaño, que en otro tiempo tanto le atraía.

La tristeza no lo abandonaba. Se sentó al piano, pero éste tampoco emitía su fraseo habitual, sino una melodía de timbres confusos, como si las notas saltaran y cayeran fuera de la partitura, sin que las pudiera atrapar. Cerró el teclado y salió presuroso de la casa, sin rumbo fijo.

Caminó un rato, al ritmo de los compases sincopados que emitían los latidos de su corazón. Se dejó caer en uno de los bancos del parque de Miramar, donde solían llevarlo sus padres cuando era niño. Buscó refugio bajo los inmensos árboles. Mariana lo había seguido y se sentó a su lado. Se miraron en silencio durante un rato.

—Siempre le pregunto a Armand por ti. Sé que vives en Miami —dijo él.

—Sí, enseño alemán en la universidad.

—¿Eres feliz?

—No me quejo.

—No te has vuelto a casar… —comentó Alex.

—Tú tampoco.

—¿Crees que alguien querría correr detrás de mí por todo el mundo?

—Yo estuve dispuesta una vez…

—Volvamos a la casa, se hace tarde —respondió él, ofreciéndole la mano para levantarse del banco.

—La música es un ejercicio maravilloso que cura las heridas más profundas —comentó Armand en voz baja a su hermana. Juntos clasificaban algunos papeles y escuchaban la música que provenía del piano.

—Practica por lo menos ocho horas diarias y es obvio que lo disfruta. Siempre ha sido así —contestó Mariana.

—Lo sigues amando, ¿verdad?

—No sé, Armand, el divorcio fue muy doloroso. Me costó mucho superarlo. No quiero hablar de eso —dijo tajante.

Las melodías cesaron. Alex había tomado un descanso y se acercaba. Se sentó frente a ellos y comenzó a revisar uno de los cajones de su madre: el mechón de su primer recorte, mensajitos con trazos infantiles, sus notas del colegio, programas de sus conciertos, recortes de periódicos, muchas fotos de distintas etapas. Su vida entera encapsulada en aquel espacio, todo organizado por ella con dedicación, con amor, como un cofre de verdaderos tesoros. Cerró el cajón, emocionado por los recuerdos.

Hubo que llamar a un experto para abrir la caja fuerte, pues Alex desconocía la combinación. "Es curioso como no nos preparamos para la muerte", reflexionó con tristeza.

Los tres se enfrascaron en el examen minucioso de los documentos que se encontraban dentro: bonos, certificados de ahorros, inversiones, títulos de propiedad, un testamento y algunas misceláneas.

—Alex, ¡mira esto! —exclamó Armand.

—¿Qué es?

—Este documento parece viejo y está en otro idioma, parece alemán.

—Mariana, tradúcelo, por favor —dijo Alex.

—Pásamelo —dijo Mariana.

Examinó con detenimiento el papel amarillento, escrito a mano.

—¿Qué dice?

—Parece que es algo de una adopción hace 40 años. ¿Quién fue adoptado en tu familia?

—No tengo idea, papá y mamá nunca me dijeron que alguien fuera adoptado. ¿Qué más dice?

—Que tuvo lugar en Munich, Alemania, en febrero de 1945, que debía ser registrada ante las autoridades de Estados Unidos y que el adoptante fue Henry York. Más abajo se lee que se trataba de un niño. Está bastante borroso y hasta algo roto en los dobleces. Hay partes que no se pueden leer.

—¿Qué papá adoptó a alguien? ¡Qué raro! ¿Sería cuando estuvo en el Ejército?

—En 1945 terminó la guerra... En esos años tu padre estaba destacado en Europa, ¿no? —dijo Armand.

—No le gustaba hablar de cuando estuvo en la guerra. Cuando yo le preguntaba, siempre me contestaba que había sido una época tan terrible que mejor era olvidarla. Parece que fue algo traumático para él, era muy joven entonces.

—Pregúntale a tu tío Leo, seguro que él sabe algo. Ese niño se hubiera criado contigo, pues tendría más o menos tu edad. Qué curioso que tus padres nunca lo mencionaran. ¿Habrá muerto? —dijo Mariana.

—¿Seré yo el adoptado?

Un silencio incómodo se apoderó de la habitación. Alex reflexionó en cuán poco se parecía a sus padres. La penumbra densa del atardecer los arropaba.

Pensativo, Alex regresó al piano, sin prender la luz. En la música solía encontrar con facilidad las respuestas, pero en esa ocasión ésta se empeñaba en seguir una línea melódica diferente. Cerró los ojos y evocó la imagen de su madre sentada en la butaca frente a él.

Esa madrugada Alex tuvo pesadillas. La imagen del niño desconocido se le hacía presente, le extendía los brazos, lo llamaba. Cuando lograba verle el rostro, se encontraba con su propia cara. Despertó sudoroso y agitado. Tan pronto amaneció, fue a visitar a su tío.

—¿Una adopción? No tengo idea.

—Mis padres me dijeron que yo nací en Washington. ¿Tú estabas allí? ¿Te acuerdas de eso?

—En aquella época, yo también estaba en el Ejército, en Italia. Te conocí cuando regresé a Puerto Rico, cuando ustedes se acababan de mudar a la isla. Tú tenías casi dos años.

—Necesito saber qué fue de ese niño, quién es. ¿Alguien

de la familia sabrá algo? ¿Podría tratarse de mí?

—No creo. Soy el único hermano de tu madre y nuestros padres murieron hace años. Tus abuelos paternos y la única hermana de tu padre también fallecieron antes de tu nacer. Además, pienso que mi hermana no me hubiera ocultado algo tan importante. ¡Qué extraño! ¿Qué piensas hacer?

—Estoy muy confundido. Veré qué se me ocurre, tengo que averiguar la verdad. Ese niño salió de la nada y no se sabe dónde está o qué fue de él. Lo peor es que los únicos que tenían la respuesta no están vivos.

Esa tarde Alex contó a Mariana lo que su tío le había informado.

—¿No te parece raro? También le pregunté a mis padres y están igual de intrigados que nosotros. Ellos eran muy amigos y es raro que tus padres nunca les mencionaran algo tan importante. Es un misterio.

—Como una adivinanza. La adopción se produjo en Alemania hace tantos años, que no sé si será posible llegar a la verdad. Quisiera tener el tiempo para averiguarlo, pero primero tengo que cumplir los compromisos de los conciertos. No puedo cancelarlos.

—Déjame hacer la investigación, Alex. Acabo de comenzar mis vacaciones y había pensado quedarme en Puerto Rico. Puedo alterar mis planes, no tengo que rendir cuentas a nadie. ¿Qué dices?

—¿Estás segura? Sería estupendo. Además, hablas varios idiomas, lo cual es muy conveniente. Sólo con una condición: que me permitas cubrir todos los gastos en que incurras y que te asigne una cantidad por tus servicios. No sería justo de otra forma.

—Me parece bien.

—Tal vez tengas que trasladarte a Alemania o a otro país detrás de la Cortina de Hierro; es posible que tengas dificultades con las visas y con algunos permisos. Esto puede ser complicado, ¿estás segura de que quieres hacerlo?

—Por supuesto. Si no logro algo contundente en el tiempo que tengo disponible, tendrás que contratar a otra persona.

—Bien, entonces trato hecho. Tienes que prometerme que

tendrás mucho cuidado. No tienes idea de cuánto te agradezco tu ofrecimiento.

Ese mismo día Mariana comenzó a hacer llamadas a Alemania. Nadie parecía saber dónde podría encontrar la información que necesitaba. El documento había sido emitido en Munich, pero no estaba claro qué agencia fue la responsable de la adopción. Varios días más tarde, se dio cuenta de que por teléfono no lograría mucho más, por lo que decidió viajar a Munich, donde se efectuó la adopción, para empezar por allí. Tal vez en persona pudiera obtener algo más concreto y con mayor rapidez.

Durante varias semanas, Alex y Armand clasificaron documentos, empacaron las fotos, los recuerdos familiares y desalojaron la casa para que el tío Leo y su esposa pudieran mudarse. Alex decidió conservar algunos muebles, cuadros y, por supuesto, su piano. Compró un apartamento cerca de la playa, desde cuya terraza podía contemplar el mar. "Este espectáculo maravilloso sólo se da en el Caribe", pensó.

A pesar de que seguía la rutina de prácticas diarias, su mente estaba en lucha perenne. El niño adoptado franqueaba el umbral de la realidad, para volverse a esconder entre las sombras. "¿Dónde estás? ¿Quién eres? ¿Seré yo el adoptado? ¿Yo...?", pensaba.

Mariana llamó varias veces desde Munich para informar sobre sus gestiones. La oficina que había emitido el certificado ya no existía. Atrapada en la burocracia y la dejadez, la mandaban de una agencia a otra y perdía mucho tiempo. Llevaba tres semanas de gestiones que no rendían frutos y comenzaba a frustrarse. Hasta que una tarde Alex recibió su llamada.

—Creo que al fin tengo una buena pista. Me recomendaron que visitara la oficina de la Cruz Roja Internacional. Pasé varios días allí y logré conseguir alguna información, me parece que confiable, sobre la agencia que manejó las adopciones de los "niños de la guerra". Así les llaman. Averigüé que hace años esos registros fueron enviados a Hamburgo, a donde me voy en tren esta misma tarde. Si consigo algo, te dejo saber.

—Estupendo. Voy a tocar en París porque es tarde para cancelarlo, pero le dije a Armand que suspenda los conciertos de Praga y Berlín.

—¿Estás seguro? Pollot va a poner el grito en el cielo…

—No me importa. Siempre he cumplido con mis compromisos. Mañana salimos para París. Después del concierto volaré a Hamburgo para ayudarte con la investigación, quiero estar presente cuando descubras algo. No resisto esta incertidumbre, casi no puedo dormir, tengo pesadillas todas las noches.

—Esto es más difícil de lo que supuse. Yo también tengo una enorme curiosidad por saber la verdad. Reservé en el Hotel Junt, en Hamburgo. Llámame cuando llegues.

Alex se quedó pensativo, con el teléfono en la mano. El recuerdo de Mariana exacerbó sus sentidos, qué equivocado había estado al pensar que su imagen desaparecería con la distancia y el tiempo. Durante todos esos años de soledad desde el divorcio no había encontrado alguien como ella. ¿Sería posible que hubiera estado tan ciego? Su madre amaba a Mariana como a una hija. Pareciera que, desde esa nueva dimensión donde se encontraba, la hubiera enviado de nuevo a su lado cuando él más la necesitaba. En definitiva, a los cuarenta años no tenía familia. Se sintió más solo que nunca.

La Cruz Roja había concertado una cita para Mariana con el señor Marc Fietze, director del Registro de Adopciones de Hamburgo. Con cada gestión que realizaba, en ella se acrecentaba el temor a lo que iba a descubrir. Estaba segura de que la verdad, cualquiera que fuese, iba a ser muy dolorosa para Alex.

Durmió muy mal aquella noche y se levantó al amanecer. El hotel quedaba apenas a una cuadra de la Feldstrasse 61, donde quedaba la oficina del Registro, así que caminó hasta allí. La brisa matutina resultaba muy agradable. Llegó antes de las nueve, la hora de la cita.

El señor Fietze era delgado, de baja estatura, cabello ralo y bigote profuso. Su rostro inexpresivo hizo pensar a Mariana que se encontraba ante otro fracaso. El hombre le indicó que tomara asiento y ella le entregó el documento, junto con el poder legal mediante el cual Alex la autorizaba a hacer las gestiones.

—Quisiéramos saber quién es ese niño que fue adoptado por el señor Henry York, un ciudadano norteamericano que en ese tiempo servía en Alemania como parte del Ejército de Estados Unidos. No sabemos de dónde salió ese niño y, sobre todo, dónde podría encontrarse actualmente.

El funcionario examinó el papel, sacó una lupa de su gaveta y lo observó durante un rato con detenimiento. Luego dijo con preocupación:

—Este documento es muy antiguo. Me temo que va a ser difícil conseguirle más información. Solemos encontrar muchas imprecisiones en estos casos porque, en aquella época, por el caos que se vivía y por la urgencia de ayudar a los niños huérfanos, los asuntos concernientes a las adopciones no siempre se registraron adecuadamente. Voy a encomendar una investigación. No le prometo nada, quizás en unos días tengamos algo. ¿Dónde puedo localizarla?

—Estoy alojada aquí cerca, en el Hotel Junt, en la habitación 316. Me quedaré en Hamburgo unos días más, en espera de su respuesta. Le agradeceré mucho lo que pueda hacer.

Salió esperanzada. Después de todo, el señor Fietze mostraba un genuino interés en ayudarla. Tal vez tuviera algo más preciso para cuando Alex llegara.

Aprovechó para conocer la ciudad que, contrario a lo que esperaba, resultó ser muy bella. Dos ríos la atravesaban y la gente se trasladaba en barcas de un sitio a otro. La actividad en el puerto era frenética, con grúas y obreros por todos lados. El agua aceitosa y gris batía contra las embarcaciones, cuyas sirenas se confundían con los chillidos de las gaviotas que volaban en bandadas. En el aire se mezclaba el olor salobre del mar con los aromas de especias y café.

Mariana se sentía extenuada después de tantos días de tensión. Cenó en uno de los restaurantes del área y regresó temprano al hotel, cuando un manto de neblina comenzaba a arroparlo todo.

El Théâtre du Châtelet de París estaba repleto. Alex tocó el Concierto número tres para piano y orquesta, de Rachmaninoff; tres movimientos de puro virtuosismo. Interpretó el primero,

Allegro ma non tanto, diatónico y feroz, seguido por una *cadenza.* El *Adagio* del segundo hipnotizó a los asistentes. Y el *Finale,* con su apasionada melodía y el ritmo característico de las cuatro notas que se consideran como la firma del autor, llevó al público delirante a ovacionarlo de pie. Ofreció un *encore* suave, el *Vals del minuto,* opus 64, de Chopin. Una noche triunfal.

Armand observaba desde bambalinas el mismo espectáculo que había vivido una y otra vez a través de los años. Se preguntó cómo Alex podía tocar a pesar del tormento por el que atravesaba. Lo quería como a un hermano.

Alex se levantó tarde la mañana siguiente. Su apartamento de la *rue* Foch era inmenso. En medio de la sala destacaba el piano de cola Steinway y, como único mobiliario, un enorme sofá seccional moderno en piel blanca, una butaca negra reclinable y una mesita antigua en la esquina. Abrió de par en par los ventanales de la terraza, desde donde se apreciaba París con sus tejados rojizos bañados de sol. Cerró los ojos, aspiró profundo el aire citadino y pensó con añoranza que pronto vería a Mariana. Armand entró eufórico con los diarios *Le Monde, Le Figaro, Le Parisien* y los colocó sobre la mesa.

—Aquí tienes —dijo con una sonrisa— lo de siempre: "York se supera a sí mismo", "El virtuoso Alex York vuelve a demostrarnos por qué está considerado uno de los mejores pianistas del mundo", "Concierto magistral del maestro York" —leyó en voz alta.

A Alex poco le importaba la crítica en aquel momento. Aquel fantasma salido del pasado lo perseguía, lo atormentaba y no se le quitaba de la cabeza. Sabía que no podría disiparlo hasta que descifrara el misterio en que desde hacía poco se había convertido su vida.

—Dentro de tres días me voy a Hamburgo a reunirme con tu hermana. Me tomaré el tiempo que sea necesario hasta que resolvamos esta incógnita que me está volviendo loco. ¿Qué tu piensas hacer?

—Regreso a Puerto Rico. También necesito un descanso, sobre todo después de escuchar los gritos furiosos de Pollot. Nunca lo había sentido tan enojado. Cuando le dije que cancelabas los conciertos de Berlín y de Praga, ni te cuento lo que me contestó.

—Pollot es un poco neurótico. Ya se le pasará, tiene que respetar mi decisión. Nunca le había cancelado un concierto. Por primera vez en toda mi carrera, anoche no disfruté mi ejecución. La técnica estuvo bien, pero el sentimiento no y eso no me satisface. Tengo que poner mi vida en orden para poder seguir.

—Es que estás bajo una enorme tensión, es comprensible.

—¿Sabes? Amo a tu hermana.

—No me dices nada nuevo…

—Fui un perfecto idiota. Nuestro matrimonio fracasó por mi culpa. Estaba tan enfocado en mi carrera… Por eso la perdí y no quiere saber de mí.

—Ahora sí que estoy convencido de que estás ciego. Amigo, mi hermana está loca por ti, no ha dejado de estarlo. ¿No te das cuenta?

—¿Tú crees? Hace tanto tiempo que no nos veíamos. La siento ajena, distante.

—¿Qué querías? ¿Que después de todo lo que sucedió, ahora se echara en tus brazos? Habla con ella, Alex. Tu carrera está afianzada, ¿qué más quieres lograr? No pierdas más tiempo, todavía eres joven. Es hora de que formes un hogar. ¿Para cuándo lo vas a dejar?

—Me siento solo, como si mi vida no tuviera dirección.

—Te entiendo. Yo mismo quisiera quedarme quieto en un sitio, casarme, tener hijos. Parecemos dos ermitaños. Muy cultos, es verdad, pero somos como lobos esteparios. La gente debe pensar que somos homosexuales —reiteró Armand con una carcajada.

—Hablas a menudo por teléfono con la chelista de la Orquesta Sinfónica de Puerto Rico, la que conociste hace poco…

—Se llama América. Me encanta esa mujer. Aquella vez la invité a cenar y después la he llamado en varias ocasiones. Creo que le gusto. Cuando llegue a San Juan voy a verla.

El timbre del teléfono los interrumpió. Era Mariana.

—Hola, Alex, ¿qué tal tu concierto anoche? Supongo que un éxito, como de costumbre.

—Ahora estábamos leyendo los periódicos. La crítica me trató bien, ni sé cómo lo logré. Tengo la cabeza en otro sitio. ¿Sabes cuál fue el *encore*? —preguntó Alex.

—¿El vals de Chopin que tanto me gusta?

—Ese mismo. No lo había vuelto a tocar hasta anoche. Y pensé en ti.

—…

—¿Cómo va la investigación? ¿Estás en Hamburgo?

—Sí y tengo algo que decirte. El director del Registro de Adopciones me acaba de entregar un informe muy interesante. Confirma que tu padre adoptó al niño en 1945, como dice el documento que encontraste. ¿Quieres oír de dónde salió? Nada menos que de Auschwitz.

—¿El campo de concentración?

—Así es, el que estaba en Polonia. Era apenas un bebé cuando liberaron el campo. Confirmé que la adopción se efectuó en Munich.

—¿Quién lo llevó a Munich?

—No se sabe, sólo que lo sacaron de Auschwitz.

—¿Sabes por qué papá lo adoptó? ¿Se lo llevó a Estados Unidos? ¿Quién era el niño? ¿Quiénes eran los padres?

—Espera, no me hagas tantas preguntas. Todavía no sé los detalles. Eso no lo dice el informe. Por lo menos sabemos de dónde salió la criatura. Ahora tenemos que averiguar lo demás y qué fue de él.

—¿Cómo piensas hacerlo?

—El señor Fietze me recomendó que vaya a Polonia, pues su oficina no me puede conseguir más información. Fue tan amable que coordinó con la Cruz Roja para que me ayudara con los permisos de entrada al país, que sabemos no es un trámite fácil. Llamó al director del Centro que ahora hay en Auschwitz para que nos viabilice la búsqueda. También me dijo que, al ser tu padre norteamericano, debió haber registrado la adopción en Estados Unidos, pero esas gestiones las haré después.

—Parece que empiezas a develar el misterio.

—Así es. Te confieso que estaba bastante frustrada. Vuelo mañana temprano a Cracovia, a ver qué puedo averiguar en Auschwitz. Me da escalofríos tener que ir a ese lugar.

—El viernes estaré allá. No tengo problema con el permiso para entrar al país porque hace unos meses toqué en Varsovia y, por suerte, el visado aún no está vencido. ¿Dónde te vas a quedar?

—Tengo reservación en el Hotel Chopin.

—La música me persigue... Te llamaré tan pronto llegue. Gracias, Mariana, aprecio mucho lo que haces.

Alex, apesadumbrado, se dejó caer en la butaca. Trataba en vano de encontrar las respuestas. ¿Por qué su padre no le dijo que había adoptado a un niño? ¿Lo sabría su madre? ¿Por qué callaron? ¿Dónde estaba ahora esa persona? ¿Habría muerto? ¿Sería posible que él fuera el adoptado? Descartó la idea, que de nuevo resurgió: ¿seré yo? Sintió miedo, mucho miedo.

La Cruz Roja le había viabilizado a Mariana el permiso de las autoridades soviéticas para alquilar un automóvil y desplazarse a las afueras de la ciudad. Se dirigió a Auschwitz, apenas a una hora de camino. Atravesaba la campiña polaca y admiraba el paisaje bucólico y sereno, con casas que exhibían jardines llenos de flores. Se preguntó cómo en la cercanía de un sitio tan hermoso y plácido podía haber ocurrido una atrocidad tan inexplicable, de tal magnitud.

La esperaba el señor Alfred Rosenback, el director del Centro. Le dio la bienvenida, conversaron un rato y le explicó que Auschwitz era un enclave de tres campos principales y varias decenas de campos satélites. Como en ese momento salía para la ciudad a atender algunos asuntos importantes, quedaron en que recorrerían el campo cuando Alex llegara. Entre tanto, le asignó a la custodio de los archivos, Nora Goldsmith, para ayudarla.

Nora era una polaca adusta y eficiente, grande y tosca, de unos sesenta años, que hablaba varios idiomas con fluidez y parecía conocer al dedillo el enjambre de folios ordenados a lo largo de varias salas. Las paredes frías, muy blancas, de aquel recinto inmenso, escondían miles de historias aterradoras. Mariana no hubiera sabido por dónde comenzar. Nora resultó un recurso muy valioso.

—Durante la guerra, miles de niños fueron enviados a

este sitio. A muchos los mataban al llegar. Si no, los sometían a experimentos médicos o los hacían trabajar como adultos. La mayoría murió por desnutrición o por enfermedades. Si las mujeres llegaban embarazadas al campo, las mandaban enseguida a la cámara de gas porque consideraban que no podían trabajar y que eran un estorbo. A veces esperaban a que el bebé naciera para asesinarlo. Hubo casos en que la madre fue gaseada con el bebé en los brazos.

—Cuando los soviéticos llegaron a Auschwitz encontraron algunos recién nacidos, ¿no?

—Los que nacieron poco antes de la liberación tuvieron más oportunidades de sobrevivir porque los nazis estaban ocupados en otras cosas, tenían otras prioridades, y sabían que perderían la guerra. Sin embargo, la mayoría estaba en un estado severo de desnutrición y algunos murieron poco tiempo después —explicó Nora.

Mariana notó que, por debajo de la manga, asomaban unos números tatuados en el antebrazo izquierdo de la mujer. "Detrás de su apariencia apacible, debe estar agazapada, muy oculta, su historia", pensó.

Nora intuyó lo que Mariana pensaba y le dijo:

—Vio los números en mi brazo... Estuve prisionera aquí, en Auschwitz, durante casi dos años, hasta la liberación en enero de 1945, cuando entraron los soviéticos —dijo, mostrándole su brazo izquierdo.

—¿Y se quedó aquí después de la guerra? —preguntó Mariana, un poco avergonzada de haberla hecho develar su secreto.

—No, primero me fui a Varsovia, mi ciudad natal. Allí nadie me esperaba, había perdido a toda mi familia y, además, el antisemitismo no había desaparecido, como si los simpatizantes de los nazis no hubieran entendido que la guerra había terminado. Consideré irme a Palestina, pero resultaba muy peligroso porque los ingleses interceptaban los barcos y enviaban los refugiados a campamentos de detención en Chipre.

—¿No pensó ir a Estados Unidos?

—Sí, pero las cuotas para los inmigrantes estaban muy

restringidas.

—¿Y a otro país de Europa?

—Muchos habían cerrado sus fronteras ante el temor de una invasión de refugiados. Fue entonces que decidí mudarme a Cracovia donde tenía unos primos. Cuando se creó este Centro, solicité la posición de Directora del Archivo y me contrataron. La documentación era abundante y estaba en total desorden. Acepté, tal vez como un intento de encontrarle sentido a lo que sucedió y, sobre todo, para ayudar a los que perdieron el rastro de los suyos. Fue una tarea ardua y urgente porque la gente necesitaba saber qué había pasado con sus familiares. A una madre, a un esposo, a un hijo, no podía decirle que viniera más tarde. Les urgía una respuesta y tratábamos de dársela lo más pronto posible.

—Debe haber sido una experiencia terrible —comentó Mariana.

—A menos que se haya vivido, es imposible de imaginar y mucho menos de entender. A través de todos estos años, he visto situaciones parecidas a ésta que nos plantea. Haré todo lo posible por ayudarla.

Durante los dos próximos días, Mariana estuvo inmersa en los documentos que Nora le suministraba, sobre todo los que contenían información sobre los niños nacidos en Auschwitz.

El viernes en la tarde, cuando Mariana llegó al hotel, se encontró con Alex que acababa de llegar a Polonia y se había registrado. Durante la cena, Mariana lucía ojerosa y era obvio que estaba muy cansada.

—Estoy devastada. ¿Sabías que los nazis tenían la morbosa manía de registrar minuciosamente sus atrocidades, hasta con fotos y películas? Lo que sucedió durante la Segunda Guerra Mundial fue una conspiración contra la humanidad. Los archivos están llenos de informes sobre torturas, manipulaciones genéticas y experimentos médicos increíbles. Operaban a la gente sin anestesia, les quemaban los órganos con ácido, los sometían a temperaturas extremas, los mutilaban. No sólo usaban a los hombres de conejillos de indias, sino también a las mujeres y a los niños, hasta a los recién nacidos.

—¡Qué horror! —exclamó Alex.

—He leído relatos terribles. Varias veces tuve que salir de la sala, con náuseas, con un nudo en el estómago, con la vista nublada. ¡Pobre gente, lo que debe haber sufrido!

Alex la escuchaba muy serio, en silencio. Mariana continuó:

—Aunque el director del Centro nos va a llevar a recorrer el campo, sentía mucha curiosidad por ver algunos sitios y ayer le pedí a Nora, la encargada del archivo, que me los mostrara. Entré a una de las cámaras de gas; me parecía oír los gritos de los prisioneros, sentí sus angustias, casi pude imaginar lo que debe haber sido para ellos verse desnudos entre cientos de extraños, aterrados, sabiéndose próximos a morir, preguntándose por qué y si sus familiares correrían la misma suerte. Sentí algo terrible. En los crematorios todavía hay manchas de sangre en las paredes y los pisos. Se me impregnó en la piel el olor de la muerte que aún despide ese sitio. No pude continuar el recorrido. Regresé a toda prisa a la oficina.

—¡Qué espantoso!

—Creo que, cuando terminemos aquí, nunca volveré a ser la misma persona. Seré más compasiva, más tolerante, más paciente. No es lo mismo leer sobre lo que sucedió durante el Holocausto que recorrer Auschwitz y ver de primera mano el sitio donde se llevó a cabo esa infamia. Es algo que escapa a la comprensión humana.

—Me siento culpable por haberte metido en este asunto.

—No, Alex, yo sola me involucré en esto y no me arrepiento.

—Me quedaré contigo. No me iré hasta que resolvamos esta incógnita. Me pregunto: si yo fuera ese niño, ¿por qué mis padres no me lo dijeron?

—No podrías culparlos. Hace cuarenta años ser adoptado se consideraba tabú, por lo que se ocultaba a los hijos y hasta a los familiares y amigos. Es posible que temieran que no los amaras igual, quizás quisieron protegerte para que no sufrieras al saber dónde habías nacido. No sé.

—Tú sabes cómo yo los quería. No pude haber tenido mejores padres. Además, los hubiera admirado aún más, sobre todo después de haber sabido que me rescataron de un sitio tan espantoso como ése. Si se tratara de mí, es obvio que me dieron la oportunidad de tener una vida feliz y normal. Lo que más me atormenta es la duda: ¿quiénes serían entonces mis verdaderos padres? ¿Estarán vivos todavía?

—He pensado mucho en eso y te confieso que me preocupa. Tienes que prepararte para lo que podamos encontrar. Puede que no sea algo agradable.

Las oficinas del Centro de Auschwitz estarían cerradas durante el fin de semana, así que el sábado decidieron conocer Cracovia. Subieron al Castillo Wawel, rodeado por unos jardines preciosos con flores multicolores. Desde la colina admiraron el río Vístula, que serpenteaba grácil por entre la ciudad. Pasearon por Rynek Glówny, la plaza más grande de Europa, atestada de gente, donde disfrutaron de un concierto de cámara al aire libre.

Caminaron por la Lonja de los Paños, una nave alargada que fuera el centro del comercio de la ciudad antigua y luego convirtieron en mercadillo de artesanías. Allí Mariana compró un ícono repujado de la virgen negra, símbolo de Cracovia. Alex le obsequió un dije bicolor de ámbar del Báltico. Terminaron el recorrido con una visita a la Catedral, con su interior espectacular en mosaicos azules.

Luego entraron a la Basílica de Santa María, para ver el altar del siglo XV que fue robado por los nazis en 1939, recuperado después de la guerra en un castillo de Nuremberg y devuelto a Cracovia. Desde una de las dos torres de la iglesia, vieron cómo cada media hora un hombre vestido a la usanza del siglo XVI tocaba el *heynal mariacki,* una especie de corneta antigua, hacia los cuatro puntos cardinales. La oyeron varias veces cuando almorzaban frente a la Basílica, en uno de los innumerables cafés de la plaza. Probaron el queso típico de Cracovia, el *oscypek* y pidieron una botella de *grzaniec galicyjski,* el vino tradicional polaco.

En la plaza, frente a ellos, un conjunto tocaba melodías de Mozart.

—Te agradezco mucho lo que estás haciendo para ayudarme —dijo Alex.

—Me considero tu amiga y, además, es una historia

fascinante. Estoy deseosa de saber a dónde nos lleva y cuál es la verdad.

—He reflexionado mucho durante las últimas semanas. Me siento muy solo.

—Tu carrera siempre ha sido lo más importante para ti. Has llegado a donde querías, eres famoso y el mundo entero te aclama. No puedes quejarte, has triunfado. Era lo que querías, ¿no?

—Tienes razón, ahora me doy cuenta de mi egoísmo. En estos días he meditado mucho y decidí que no voy a hacer más giras extensas, sólo tres o cuatro conciertos al año. Algunos conservatorios me han pedido que ofrezca clases magistrales ocasionales a sus alumnos aventajados. También la Orquesta Sinfónica de Berlín y la de París hace tiempo que están detrás de mí para que acepte su dirección. Algo de eso haré.

—¿Ya se lo dijiste a Pollot? Se va a poner histérico, dirá que te has vuelto loco.

—Se lo diré después que resuelva esta incógnita de la adopción. Primero tengo que poner mi vida en orden y aclarar mis ideas, luego decidiré lo que voy a hacer con mi carrera.

Mariana no contestó, sólo lo miró en silencio.

El domingo lo dedicaron a recorrer las callecitas del Kazimierz, el barrio judío, y visitaron la pequeña Sinagoga de Remuh, del siglo 15. Por la tarde asistieron a un concierto, la *Sinfonía Nuevo Mundo*, de Dvořák, interpretada por la Orquesta Sinfónica de Cracovia, en el Salón Chopin del Palacio Bonerowski. Cenaron no lejos de allí, en un pequeño restaurante, a la luz de las velas. Compartieron confidencias, recordaron viejos tiempos.

El lunes temprano se dirigieron a Auschwitz. El señor Rosenback recibió a Alex y a Mariana en su oficina.

—Bienvenido al Centro, señor York. La *Shoá*, el Holocausto, no es fácil de comprender. Les voy a mostrar Auschwitz I, Auschwitz II-Birkenau y Auschwitz III-Monowitz, que fueron los campos principales. Hubo otros adicionales bajo el mismo nombre, dentro de los mismos predios. Durante el recorrido, pueden hacerme todas las preguntas que quieran. Es imprescindible para su investigación que conozcan lo que sucedió en este sitio. Así podrán entender mejor los hallazgos que hagan.

Cuando llegaron a la entrada principal, Mariana le tradujo a Alex el significado de la inscripción *Arbeit macht frei* que podía verse sobre el gran portalón de hierro. *"El trabajo os hará libres... es una burla terrible"*, pensó. Alex parecía haber enmudecido, trataba de imaginar a miles de seres humanos aterrorizados al cruzar bajo ese arco, en ruta a un destino infernal del que la mayoría no regresaría.

El señor Rosenback continuó:

—Auschwitz se estableció en 1941 como campo de trabajo y luego lo convirtieron además en centro de exterminio, cuando los nazis se empeñaron en cumplir con la "Solución Final", para lograr un mundo libre de judíos. Hasta la liberación de Auschwitz, en enero de 1945, aquí se asesinó y se maltrató a millones de seres humanos, y no todos eran judíos.

—¿No todos eran judíos? —preguntó Alex extrañado.

—Había prisioneros gitanos, Testigos de Jehová, católicos, protestantes y homosexuales. Todos los que a los nazis se les antojara que no cumplían con el perfil ario que ellos habían determinado como el hombre perfecto. Una aberración total.

Se detuvieron ante las vías del tren, el andén adonde llegaban los prisioneros y vieron las alambradas dobles de púas que rodeaban el campo y que estuvieron electrificadas cuando la guerra. Entraron a varias barracas inmensas que servían de dormitorios, algunas de ladrillos y otras de madera. Alex se horrorizó al imaginar cómo debía haber sido la vida de los prisioneros en esas condiciones. El frío, el calor, la lluvia, sin ropa ni zapatos adecuados, mal alimentados, sometidos al maltrato de los nazis.

—Como ven, las literas tenían tres pisos. Los prisioneros dormían en un total hacinamiento sobre míseros colchones de paja y sin sábanas. La tasa de mortalidad era muy alta debido a las enfermedades, la desnutrición y el trabajo esclavo a que los sometían.

—¿Qué es ese muro de cemento en el medio, que tiene huecos en fila? —preguntó Mariana.

—Eran las letrinas. Los prisioneros tenían que usarlas

delante de todos esos desconocidos, sin privacidad alguna. Era una manera más de humillarlos. Cuando los excrementos se desbordaban, tenían que hacer sus necesidades por los rincones, como los animales. La peste resultaba insoportable porque, además, muy pocas veces podían bañarse. La degradación a que los sometían era infrahumana —comentó el señor Rosenback.

Luego les mostró el patio central donde se celebraban los recuentos. La horca en el medio y el paredón, donde aún se percibía una gran mancha negruzca de sangre seca. "Aquí todavía flota la muerte", pensó Alex.

Estuvieron en la cárcel, en el bloque 11 y vieron los fosos cavados en las piedras, donde metían a cuatro prisioneros desnudos, cuerpo con cuerpo. En una lenta sentencia de muerte, los hacían permanecer de pie durante varios días, sin espacio para moverse, sin agua ni comida, sin sacarlos para que hicieran sus necesidades. Cuando alguno moría, el cadáver continuaba allí con los que aún quedaban vivos. A principio se escuchaban los gritos y las súplicas, luego los llantos, los lamentos. Al final sólo quedaba el silencio.

Los llevó al bloque 10, una especie de laboratorio de horror.

—Aquí trabajaba el doctor Joseph Mengele, el director médico del campo. Los prisioneros le decían el Ángel de la Muerte, porque quien cayera en sus manos rara vez terminaba con vida. Él y varios doctores más realizaban experimentos crueles con los prisioneros —les dijo.

Les relató que les infligían heridas, los sometían a temperaturas extremas, les inoculaban distintos virus o les hacían tomar veneno para luego tratarlos o dejarlos morir, con el fin de encontrar tratamientos eficientes para atender a los soldados alemanes cuando fueran heridos, sufrieran de hipotermia o se enfermaran. A veces les amputaban los miembros afectados; otras los dejaban gangrenarse, para estudiar el proceso.

—Experimentaban con enanos y con gemelos, en búsqueda de la clave genética para crear el hombre ario perfecto, de acuerdo con el modelo nazi. Querían conseguir la fórmula para los nacimientos múltiples. Como una paradoja, la ciencia adelantó mucho con esas monstruosidades porque usaron a seres humanos como conejillos de indias.

—¿Qué pasó con esos médicos después de la guerra? No puedo creer que hayan quedado impunes —preguntó Alex.

—Muchos de esos mal llamados médicos escaparon. Sin embargo, algunos fueron juzgados y, como resultado, se estableció un código de ética mucho más estricto para la profesión médica —dijo.

—En esta área los nazis construyeron un burdel en 1943 para entretener a los soldados de la SS. Tenían a su disposición prisioneras seleccionadas, por lo general las más bellas. Cuando algún oficial se fijaba en una muchacha, la mandaba sacar de las barracas y la trasladaba al burdel. Algunas se suicidaron tirándose contra las verjas electrificadas —comentó el señor Rosenback.

Entraron a la única cámara de gas que dejaron en pie en el campo original de Auschwitz y que acababa de ser restaurada para el museo.

—Esto es espantoso. ¿Qué pensarían esos seres humanos cuando los obligaban a entrar a este sitio y se daban cuenta de que iban a morir? —preguntó Alex. Miraba la altura del recinto gris, frío, oscuro, sin ventanas, y observaba en el techo unas pequeñas aberturas cuadradas. Mariana miraba también hacia arriba. Estaba muy pálida. Alex la tomó por el brazo para sostenerla, pues estaba a punto de desmayarse.

—Los soldados los mandaban a desnudarse y les hacían creer que iban a ducharse. Cuando cerraban la entrada, al darse cuenta de que algo extraño sucedía, que de aquellas duchas no salía agua, los prisioneros golpeaban las puertas y gritaban desesperados. Entre tanto, un soldado estaba en el techo con una máscara e introducía el gas Zyklon-B por las pequeñas aberturas que pueden ver arriba. Los gritos continuaban por unos minutos, hasta que dejaban de escucharse. Los soldados esperaban un rato para dar tiempo a que todos murieran y luego abrían las puertas para sacar los cadáveres. Hombres, mujeres y niños apilados, con rictus de horror en el rostro, las manos crispadas —concluyó el Director, con voz temblorosa.

Salieron presurosos de allí. Lo que habían visto y las escenas dantescas que el hombre les había relatado, les producía escalofríos.

Por último, pasaron a un crematorio que estaba al lado.

—Antes de 1942, los cadáveres se incineraban al aire libre. Cuando se destinó Auschwitz como principal centro de exterminio y comenzaron a llegar a diario miles de personas de todas partes de Europa, ampliaron la máquina de muerte, construyeron Auschwitz-Birkenau con más cámaras de gas y más crematorios: cuarenta y seis hornos, cada uno con capacidad de entre tres y cinco cuerpos a la vez. La incineración duraba un promedio de media hora, así que les era posible quemar con eficiencia miles de cadáveres al día. Además, descubrimos decenas de fosas enormes llenas hasta el tope de restos humanos, con canalizaciones por los lados para recoger la grasa de los cuerpos. Cuando los cadáveres eran demasiados y los hornos no eran suficientes, los incineraban en las fosas —dijo Rosenback.

Alex y Mariana estaban atónitos ante la magnitud de tanta crueldad. Y el director concluyó:

—Los nazis lo aprovechaban todo: convertían en jabones la grasa que extraían de los cadáveres. En las cabañas de los oficiales en Auschwitz se encontraron artículos hechos con la piel de los prisioneros. Las pertenencias que les quitaban al llegar, se enviaban al Almacén Kanada donde se clasificaban los objetos de valor y se enviaban a un centro en Berlín.

—¿Kanada?

—Bueno, es un eufemismo. Más bien debía decirse Canadá. Parece que para los nazis ese país era símbolo de prosperidad y riqueza. Por eso le llamaron así a ese gran depósito, donde había ropas, zapatos, espejuelos, dientes de oro, joyas, obras de arte y hasta artículos litúrgicos judíos.

—¿Qué pasó con los responsables de todo este engranaje de muerte? —preguntó Mariana.

—Desde antes de terminar la guerra, los nazis tenían preparadas sus rutas de escape y habían enviado en secreto cuantiosos tesoros a diferentes países. Cuando se dieron cuenta de que estaban perdidos, pusieron en marcha su plan. Usaron diversas vías y métodos: pasaportes diplomáticos, protección de altas esferas y asilo político. La Ruta de las Ratas fue la más popular. Muchos trataron de pasar inadvertidos y cambiaron de identidad. Otros no se molestaron en ocultarse y tuvieron el descaro de aparecer con sus verdaderos nombres en la guía telefónica de la ciudad donde residían. El mundo actuó con una indiferencia inexplicable durante mucho tiempo, aun después de terminada la guerra.

—Recuerdo el caso de Eichmann, cuando el Mossad lo secuestró en Buenos Aires, donde vivía muy tranquilo, y lo llevó a Israel para juzgarlo —comentó Alex.

—Sí, fue muy sonado, un gran logro de Simon Wiesenthal, que estuvo tras él durante años. Sin embargo, a pesar de que también trató de atrapar a Josef Mengele, nunca lo consiguió. Vivió sus últimos años apacibles, hasta que se cree que murió anciano, ahogado en una playa de Brasil —le contestó Rosenback.

—Muchos quedaron impunes, ¿verdad? —preguntó Mariana.

—Más de los que hubiéramos querido. Era casi imposible juzgar a miles de personas, a pueblos enteros y hasta organizaciones, algunas de mucho prestigio, que colaboraron con los nazis. Además, se dice que ODESSA y otro grupo llamado Spinne o La araña los protegieron a través de una red intrínseca de desinformación y ocultamiento, cuyos tentáculos corrían subterráneos por todo el mundo. Usaron el dinero que se robaron para comprar su libertad y su vida.

—¿Lograron atrapar a los responsables de Auschwitz? —preguntó Alex.

—Sólo a unos pocos. En los juicios de Frankfurt-Auschwitz condenaron a morir en la horca a dos de las guardianas más sanguinarias que hubo aquí: Maria Mandel e Irma Grese, la nazi más joven ajusticiada, creo que apenas tenía 22 años. Höess, el Comandante de Auschwitz, también fue juzgado y lo ahorcaron aquí mismo en 1947, frente a la que fuera su residencia.

—El fanatismo es atemorizante —comentó Mariana.

—Así es. Por mencionar un caso muy conocido, Goebbels

y su esposa estuvieron hasta el final con Hitler en el bunker de Berlín y, víctimas de la liturgia hitleriana, decidieron suicidarse. Antes asesinaron a sus seis hijos, como ejemplo de fidelidad a su *Führer*.

Poco quedaba en pie en el área de Monowitz, donde los prisioneros trabajaban bajo condiciones inhumanas para grandes empresas y fábricas alemanas. Entre la maleza, todavía podían verse las chimeneas y parte de las estructuras inmensas.

En silencio emprendieron el regreso a las oficinas del Archivo. A Alex le producía un intenso dolor pensar que él pudiera haber nacido en ese sitio, en medio de todo el horror que acababa de escuchar. Se preguntaba una y otra vez qué historia espantosa habría detrás de su nacimiento. Ya estaba seguro de que él era el niño que buscaban, sólo tenía que comprobarlo. En el fondo sólo quería escapar de allí.

—Es normal que se sientan así. Nunca he conocido a alguien capaz de entender las atrocidades de los nazis —dijo Nora cuando llegaron a la oficina. Les esperaba con dos tazas de té caliente.

—¿Sabes cuántos niños había vivos cuando liberaron el campo? —preguntó Alex a Mariana.

—Hasta ahora he encontrado sólo veintiocho sobrevivientes. Me llamó la atención que fueran tan pocos. Tal vez a los nazis no les dio tiempo a matarlos.

—¿Todos eran varones?

—Trece eran niñas, así que no las tuve en cuenta. Nos quedaban quince varones, de los que Nora me ayudó a identificar a ocho. Seis fueron adoptados, pero los nombres de los padres adoptivos no coincidían con el de tu padre. Otros dos murieron poco después y pudimos determinar que vivían con sus familias.

—Entonces quedan siete varones sin identificar —concluyó Alex.

—Sospecho que entre esos debe estar el que buscamos.

Mariana se disculpó y salió del salón para hacer una llamada telefónica.

Nora, que había escuchado la conversación desde su

escritorio, se acercó a Alex y le dijo:

—Al darse cuenta de que estaban derrotados, los nazis obligaron a los prisioneros a emprender la "marcha de la muerte" para sacarlos de Auschwitz. Dejaron en el campo a los niños, sobre todo a los más pequeños.

—¿Cómo los encontraron?

—Cuando los rusos liberaron Auschwitz, encontraron casi cien niños. Los recién nacidos estaban en un estado severo de desnutrición y algunos habían muerto. Sólo sobrevivieron esos veintiocho de los que hablaba Mariana hace un rato. A los más grandecitos los encontraron confundidos entre los miles de cadáveres que había por todo el campo.

—Me sorprende que hayan podido documentar la identidad de esos niños.

—En medio del caos que había en ese momento, se hizo un gran esfuerzo por registrar con la mayor exactitud la información de los sobrevivientes y sobre todo de los niños, para tratar de reunirlos con sus familiares. La Organización de las Naciones Unidas estableció un organismo —la UNRRA— para coordinar esa gestión. Los periódicos publicaban listas y fotos, la radio pasaba anuncios frecuentes. A pesar de todo, se perdieron muchas pistas, tal vez porque había que procurar el bienestar de los menores en el menor tiempo posible. Aún hoy tratamos de seguir el rastro de los sobrevivientes, por si alguien los busca, como sucede con usted ahora.

Mariana regresó a la sala, con la alegría reflejada en el rostro.

—Alex, buenas noticias… Hace días que intentaba conseguir a un amigo y colega de la Universidad de Miami que estuvo en el servicio diplomático y que tiene conexiones fuertes en Washington, pero estaba de viaje. Acabo de hablar con él desde la oficina del señor Rosenback. Le envié por fax el documento y el poder que me diste para hacer las gestiones. Va a tratar de conseguir copia de la legalización en Estados Unidos de los papeles de adopción. Me dijo que está casi seguro de que tu madre tuvo que firmar también.

—Ojalá podamos conseguir algo por esa vía.

Cenaban en un pequeño restaurante cerca del hotel cuando Alex le dijo:

—¿Sabes lo que hice cuando toqué el vals de Chopin en el concierto de París?

—No, dime.

—Pensé en ti…

Mariana sonrió. No retiró la mano que Alex le acariciaba.

En los próximos días, con la ayuda de Nora, lograron identificar a tres niños adicionales. Los descartaron porque tampoco habían sido adoptados.

Los datos de los cuatro niños restantes estaban confusos. Luego de revisar muchos informes y realizar varias llamadas telefónicas, al fin lograron determinar que uno fue adoptado por un soldado ruso y que, al parecer, la madre había muerto. Al segundo, unos familiares lo acogieron al terminar la guerra y se lo llevaron a su pueblo en las afueras de Berlín.

La información respecto a los otros dos no estaba completa, sólo se sabía que fueron gemelos. Habían nacido poco antes de la entrada de los soviéticos y estaba registrado que la madre estuvo confinada en la barraca diez. No se establecía su identidad, se sabía que era alemana y que uno de los niños fue adoptado por un soldado norteamericano. No aparecía su nombre, pues el trámite se había efectuado en Munich. Se desconocía el paradero del otro; lo presumían muerto.

—¿Gemelos? —dijo Alex con extrañeza.

—Los nazis sentían fascinación por ellos. A veces no los mataban, sino que los usaban para experimentos genéticos. El encargado era el temido doctor Josef Mengele, el Ángel de la Muerte, como solían llamarle los prisioneros —comentó Nora.

Alex se estremeció.

Días más tarde, Nora le entregó a Mariana un sobre dirigido a ella que acababa de llegar por correo certificado, proveniente de Washington. Desde su escritorio, observaba ansiosa.

Mariana sostuvo por un momento el sobre y miró a Alex, que también estaba expectante. Con las manos temblorosas, rasgó el papel, extrajo con cuidado su contenido y lo leyó en silencio.

—Toma Alex, aquí está la respuesta que esperábamos.

Tercer movimiento — *Agitato tempestoso*

"¡Caminen, cerdos, no se detengan! ¡Vamos, de prisa, que no están de vacaciones!", gritaban los soldados. Arrastrábamos los pies por el sendero polvoriento desde la estación de trenes hasta la entrada de Auschwitz. Despacio, como si así retrasáramos la llegada a nuestro destino.

Unas interminables alambradas, altas, espinosas y electrificadas, rodeaban el campo. En las torres de vigilancia había soldados apuntando con ametralladoras a los recién llegados, con enormes reflectores encendidos. Los SS Totenkopfverbände, a cargo de la vigilancia del campo, daban órdenes y los perros nos rodeaban amenazantes.

La vegetación era inexistente, no había flores, tampoco pájaros. Sólo se escuchaban las voces ásperas de los soldados, acrecentadas ante el silencio de la naturaleza. Un humo pegajoso, un olor extraño a quemado, flotaba en el ambiente.

En medio de una confusión inmensa, todos hablaban y gritaban al mismo tiempo. Los megáfonos anunciaban una y otra vez: "Las mujeres y los niños a la izquierda, los hombres a la derecha. Los que no se consideren aptos para trabajar para el Tercer Reich, deberán informarlo. Serán enviados a realizar labores domésticas".

Los hacían desfilar ante docenas de mesas, en las que oficiales con batas blancas determinaban con rapidez el destino de los prisioneros, sin apenas mirarlos. A los ancianos, los enfermos, las embarazadas y los niños pequeños los enviaban a los camiones estacionados al lado, para llevarlos a otro sitio.

Muchas de las recién llegadas llevaban un pañuelo blanco en la cabeza, a la usanza de las esposas judías ortodoxas. Las madres intentaban controlar a sus hijos para que no se movieran ni lloraran, los hombres protestaban, los jóvenes intentaban proteger a sus padres, los ancianos no entendían por qué los maltrataban así. Los guardias maldecían, gritaban y los separaban a su antojo. El caos era total.

Vera se aferraba a Raquel y a Leah, con las manos frías y sudorosas. En apenas un susurro les advirtió con firmeza: "No se separen de mí ni un solo momento, no hablen". Joseph las contemplaba desde la fila de los hombres, con los ojos nublados por la impotencia. No les permitían hablar entre ellos. En la cabeza de Leah retumbaba la advertencia de su padre, ahora convertida en orden: "Debemos ser fuertes, tenemos que sobrevivir".

Los rodeaban unos ayudantes de los nazis, prisioneros judíos, miembros de una unidad llamada el **Sonderkommando**. Vestían uniformes a rayas, igual que los demás prisioneros. Eran distintos, caminaban encorvados, con pasos cortos y rítmicos. De una delgadez extrema, tenían una expresión neutra en el rostro y los ojos hundidos, rodeados de profundas ojeras negras.

Delante de Vera estaba en la fila una mujer joven con un bebé en los brazos y una anciana a su lado. Un hombre del **Sonderkommando** se le acercó y le dijo en voz baja, con sentido de urgencia: "Entréguele el niño a la abuela". La muchacha no reaccionó, el hombre miró temeroso a ambos lados, se le acercó y lo repitió con firmeza, como una orden, sin alzar la voz. Esa vez la joven sí obedeció, sin entender por qué.

Al llegar a las mesas, la abuela y el bebé fueron enviados a los camiones. Desesperada, la joven se echó a los pies de un oficial SS e imploró que no la separaran de su familia. El hombre la pateó con furia, desenfundó su revólver y le disparó en la frente. La sangre salpicó a las que estaban cerca. La abuela apretó al niño en sus brazos y emitió un grito desgarrador. Los soldados la empujaron hacia los camiones. Silencio absoluto, nadie se movió.

La fila donde estaba papá se movía con más rapidez que la nuestra y pronto lo perdimos de vista. Nunca olvidaré la tristeza de su semblante, los labios apretados, su palidez cuando caminaba rumbo a un destino incierto, sabiendo que nos dejaba atrás. Mamá, en un vano empeño de tranquilizarse ella y a nosotras, nos dijo que más tarde nos reencontraríamos con él en algún sitio del campo, pues al llegar nos habían informado que las familias permanecerían unidas.

Uno de los hombres de bata blanca nos preguntó el nombre, la edad y la procedencia. Cada una fue registrada y recibió un número. Pasamos a una sala enorme, donde nos ordenaron desnudarnos. La humillación era lacerante, nos avergonzaba mirarnos, estar así frente a toda esa gente desconocida. Raquel y yo nunca habíamos visto a mamá sin ropa. Cerré los ojos. Sentía coraje, rabia, deseos de gritar, de huir, pero, ¿a dónde?

Las *aufseherinnen*, las mujeres soldados auxiliares, nos raparon la cabeza y el vello de todo el cuerpo. Nuestro cabello caía al piso, al mismo ritmo que se desvanecía nuestra identidad. En mi mente resonaban una y otra vez las mismas preguntas: ¿Por qué estábamos en Auschwitz? ¿Qué crimen habíamos cometido?

Aún más hiriente era la risa de los soldados que nos rodeaban, sus comentarios soeces, la lujuria de sus miradas. ¿Cómo podían burlarse de nosotras, unas mujeres indefensas, desnudas y calvas? ¿No les conmovía ver a las mayores con las carnes flácidas y sus rostros surcados de arrugas? ¿No tenían madres, hermanas, esposas? ¿Los habría parido una mujer o eran engendros del mal?

Mamá estaba roja de la ira, Raquel muy avergonzada. Por primera vez en mi vida me enfrentaba a la maldad y no podía evitar un odio intenso que me quemaba por dentro. Quise morirme en ese instante. ¡Dios nos había abandonado!

Nos permitieron ducharnos. El agua salía muy fría, casi helada, y no teníamos jabón. Fue un alivio quitarnos un poco la suciedad y sentir el agua refrescante que nos corría por el cuerpo. Mamá y yo teníamos las piernas salpicadas con la sangre, ya seca, de la joven asesinada a nuestro lado. Al terminar el baño, nos rociaron con una lejía verdosa, desinfectante y ardiente, que nos dejó un vaho maloliente en la piel.

Estuvimos varias horas de pie en el patio, desnudas, sin toallas para secarnos, hasta que nos entregaron unos uniformes grisáceos, con rayas azules y blancas, de una tela burda muy estrujada. A cada una le dieron un *winkel* o triángulo, de un color distintivo, de acuerdo con el grupo étnico o clasificación que los nazis determinaran. En la parte inferior del triángulo figuraba el número asignado. Tendríamos que coserlo en el lado izquierdo del pecho.

A Raquel y a mí nos tocó el color marrón por ser alemanas. Había otros verdes, rosados, rojos o negros. El *winkel* de mamá mostraba una F que la identificaba como francesa. El de una joven a mi lado tenía la letra Z, porque era *zigeuner* o gitana. Los judíos llevábamos también superpuesta la estrella de David, de color amarillo. Debajo del uniforme no teníamos ropa interior, no volveríamos a usarla mientras estuviéramos allí.

Nos llamó la atención ver que entre los prisioneros recién llegados había cientos de *bibelforschers* o estudiosos de la Biblia, como llamaban los nazis a los Testigos de Jehová, cuyo delito había sido negarse a hacer el saludo nazi y a servir en el ejército. Los SS les arrebataron sus Biblias e hicieron una pira en el patio central. Las escupían y se reían a carcajadas. ¿Los soldados no se decían cristianos? ¿Cómo era que se burlaban de su propio libro sagrado?

Me preguntaba dónde se encontraba papá y si estaría pasando por lo mismo que nosotras. Nunca nos habíamos separado y podía imaginar su desesperación al no saber de la familia. Las incógnitas se agolpaban en mi cabeza, diatónicas, insoportables.

Una mujer mayor se desplomó a mi lado, no supimos por qué. El SS la empujó varias veces con el pie y le gritó que se levantara. Estaba muerta. Como no se movía, le dio la espalda y continuó dando órdenes, como si lo que estaba en el piso fuera un fardo y no tuviera la más mínima importancia. Traté de descifrar si aquella mujer tendría algún familiar entre aquel tumulto, pues nadie se le acercó. Nos deshumanizábamos con rapidez.

A empujones, entramos al Haftlingsrankebau, el hospital. El salón era inmenso y había cientos, tal vez miles de mujeres que gritaban, lloraban y caminaban desorientadas de un lado a otro. Vimos con horror que nos tatuarían el antebrazo izquierdo con el número que nos había correspondido al entrar y que de inicio no sabíamos para qué era.

Varios soldados realizaban el procedimiento con eficiencia y bastante rapidez. Algunos prisioneros del *Sonderkommando* nos aguantaban con fuerza. A las que se resistían, los soldados las golpeaban. Usaron agujas de un centímetro de largo, sin esterilizar y sin anestesia, las mismas para todas las mujeres. Al terminar, nos frotaron las heridas sangrantes con una tinta indeleble. Del tatuaje manaba la sangre y el dolor era insoportable, pero no podíamos quejarnos. Nos apuntaban con sus armas y, después de lo que habíamos visto, no dudábamos que dispararían sin vacilar.

A mamá le grabaron el 71548. El de Raquel y el mío seguían en secuencia. Hubiera querido arrancarme la piel para desaparecer el tatuaje. Cuánto llegaríamos a detestar ese número que nos acompañaría para siempre.

Llevábamos apenas unas horas en Auschwitz y nos habían convertido en criaturas mecánicas, inexpresivas, en entes grotescos, enfundados en un uniforme ridículo y burdo, sin cabello, sin voluntad, sin nombre, identificados por un número tatuado.

Mamá apretaba los labios en una mueca de dolor e indignación. Raquel tenía los ojos hinchados de tanto llorar. Yo estaba atontada, como si me hubieran golpeado en la cabeza, apenas podía controlar la rabia. Sentía un odio infinito hacia aquellos monstruos. ¿Dónde estaba Dios?

Auschwitz I era inmenso, con hileras de barracones rectangulares de ladrillos rojos, todos numerados. Algunos eran de tres y otros de cuatro pisos. La mayoría se usaba como dormitorios y el resto para oficinas, cárceles, enfermerías, hospitales y laboratorios. Las secciones de las mujeres y de los hombres estaban separadas por un muro de ladrillos de unos dos metros de alto. Las boklovas *o jefas del bloque, que competían en crueldad y sadismo con los soldados nazis, tenían a su cargo la supervisión de los dormitorios de las mujeres.*

Vera, Raquel y Leah fueron asignadas a la barraca número 12, con sesenta literas de madera, de tres camastros cada una, cubiertos por una escasa capa de paja y sacos de papel llenos de virutas, a modo de colchón, sin sábanas ni almohadas. Cada camastro podía alojar hasta quince mujeres. Como a diario llegaban miles de prisioneros procedentes de todas partes de Europa, el hacinamiento era insoportable. Con frecuencia las literas se desplomaban por el peso y las mujeres de abajo morían aplastadas, por lo que muchas preferían dormir en el piso, entre la suciedad y los insectos.

Cuando Vera y sus hijas entraron a la barraca, se quedaron paradas en medio del pasillo, desconcertadas, sin saber qué hacer. Cientos de mujeres gritaban, se empujaban y trataban de encontrar dónde ubicarse. Todos los camastros parecían estar ocupados.

— Vengan, aquí hay espacio — una voz suave las llamaba, el primer sonido amable que escuchaban en mucho tiempo. Era Ilse Babish, una joven alemana-judía, proveniente de Berlín. Tenía los ojos oscuros, grandes, expresivos, y una voz dulce que irradiaba paz. Hizo espacio para Raquel y Leah en su camastro y consiguió otro al lado para Vera.

Ilse llevaba seis meses en Auschwitz. Los nazis habían asesinado a toda su familia. Trabajaba en la enfermería y a veces en el hospital. A riesgo de su propia vida, solía robar algunas medicinas para ayudar en las barracas a las prisioneras enfermas. Todas la respetaban.

Las letrinas, siempre desbordadas, estaban en el medio de la barraca. El hedor era insoportable. No había papel sanitario. Las duchas estaban en otro edificio y el baño era ocasional, de acuerdo con el capricho de los guardias. No tenían ni jabones ni toallas. Los prisioneros olían a orines, a excremento, a hambre, a muerte. Las pulgas y los piojos proliferaban en la ropa, en los camastros, por todos lados. Las picadas se convertían en ronchas y luego en llagas que nunca sanaban. El tifus y las enfermedades representaban una amenaza constante.

A las nueve nos mandaron a dormir. Sentíamos punzadas dolorosas en el estómago y náuseas incontenibles. Mamá, Raquel y yo llevábamos casi dos días sin comer ni tomar agua. Se escuchaban sollozos y lamentos incesantes en voz baja. Descubrimos horrorizadas que una colonia de ratas y cientos de cucarachas se paseaban por la barraca y por los camastros. La mujer que estaba a mi lado nos dijo: "Tendrán que acostumbrarse a ellas, siempre están aquí".

Mamá nos hablaba pausada, trataba de darnos ánimo y de mantener la calma. Nos dimos cuenta de que ni ella misma creía lo que nos decía y que sus manos temblaban. Raquel sollozaba sin control. Mamá intentaba consolarla con la impotencia reflejada en sus ojos. Yo no podía llorar, no quería mostrar debilidad, me obligaba a ser fuerte, pero no era más que una pobre niña aterrorizada, tanto o más que las demás.

El humo y aquel hedor extraño que habíamos sentido desde que llegamos, invadía la barraca. Las náuseas que nos producía eran insoportables. La luz de los reflectores permanecía brillante toda la noche y la claridad inundaba el interior de la barraca. Esa primera noche en Auschwitz creí que había perdido el alma. Me repetí mil veces que no dejaría que nos vencieran, que lucharía para sobrevivir como le había prometido a papá. Abracé a mamá y a mi hermana en busca de una seguridad que ellas tampoco me podían dar. El cansancio me venció y no sé cómo me quedé dormida.

A las cuatro de la madrugada, escuchamos una diana estridente y los gritos de las *boklovas* para que nos despertáramos y fuéramos al *zaehlappel* o pase de lista. Pronto descubriríamos que representaba estar horas de pie, formadas en filas de a diez en el Appelplatz, el patio central, sin que importaran las condiciones del tiempo. Se efectuaba en la mañana antes de salir para el trabajo y al regreso en la tarde. Los sábados, para violentar nuestro *sabbat*, nos mantenían paradas, sin podernos mover, durante horas interminables.

El primer día en el campo, un SS preguntó quiénes se consideraban no aptas para el trabajo o para aguantar el recuento. Una anciana recién llegada levantó la mano y las demás trataron de detenerla.

—Es cierto, tengo 77 años y no tengo fuerzas para trabajar —dijo la mujer con determinación.

—*Komm* —contestó el soldado, con amabilidad.

Ella se le acercó, él hizo un gesto y otro soldado le disparó.

"Es como una trampa macabra. Con frío, con hambre, porque es mayor, porque está enferma, la mujer confiesa su debilidad y se hace copartícipe de la barbarie. Así justifican el castigo y al final una es responsable de su propia muerte", pensé con horror.

De inmediato, escuchamos por los parlantes que los guardias matarían a quien se desmayara o se negara a trabajar.

Cada día veríamos cumplida la advertencia. La persona podía permanecer horas en el mismo sitio, a veces todavía agonizante, hasta que la veíamos expirar. Nadie podía acercársele ni auxiliarla.

La comida siempre era la misma y a menudo estaba en mal estado. En la mañana medio tazón de agua sucia al que llamaban café o té, sin azúcar, que al menos nos daba un poco de calor, sobre todo en invierno. El almuerzo consistía de una taza de sopa con algunas legumbres a veces crudas y una vez en semana un pedacito de salchicha maloliente o dos cucharadas de unos coágulos de leche que pretendían ser queso.

En la noche nos daban un caldo ralo e insípido, con cáscaras de papas o nabos, acompañado con un trozo pequeño de pan duro, cuya harina mezclaban con aserrín. En ocasiones nos servían una cucharada de mermelada. A menudo escondíamos el pedazo de pan para comerlo en otro momento, cuando las punzadas en el estómago se hicieran insoportables.

Solíamos encontrar cucarachas y otros insectos en los alimentos, que echábamos a un lado. Si queríamos sobrevivir, teníamos que comer algo. Las raciones eran escasas y las filas muy largas. El hambre era nuestra compañera constante. Muchas veces aquel simulacro de comida no alcanzaba para todos y los últimos se quedaban con el plato vacío. En ocasiones, los soldados tropezaban a propósito con los prisioneros para que sus alimentos cayeran al piso. En un instinto animal de conservación, estos se agachaban desesperados y, con las manos temblorosas, trataban de recoger lo que pudieran. Los soldados se burlaban de su hazaña y los hacían lamer el piso.

Los supervisores de los escuadrones de trabajo eran los *kapos*, por lo general delincuentes alemanes presos que colaboraban con los nazis. Llevaban un brazalete sobre el uniforme de rayas y recibían nimios privilegios por sus servicios, como un poco más de comida o una colchoneta para dormir. Los demás prisioneros los despreciaban. En realidad, no creo que tuvieran otra opción, porque no podían negarse. Al final, siempre los mataban.

A mamá la asignaron al almacén Kanada, donde llevaban las pertenencias confiscadas a los prisioneros recién llegados. Su trabajo consistía en clasificar y empaquetar artículos religiosos, documentos, ropa fina, cochecitos de bebés, instrumentos musicales y muchas cosas más. Con disimulo, mamá trató de localizar mi violín, pero nunca lo vio.

En aquel almacén cientos de personas realizaban diferentes tareas. Una brigada, vigilada de cerca por soldados armados, descosía los forros de los abrigos y despegaba las suelas de los zapatos que habían quitado a los prisioneros. Buscaban objetos de valor que pudieran haber escondido y con frecuencia encontraban oro, diamantes, joyas y dinero.

Otras mujeres, bajo la supervisión de varias guardianas, llevaban un registro detallado de los artículos, que luego se empaquetarían por categoría y se enviarían en trenes especiales a un destino desconocido para las prisioneras. Se comentaba que iba a los cuarteles generales de la SS, en Berlín.

Mi hermana y yo caminábamos unos tres kilómetros diarios hasta Monowitz, el campo III, también llamado Buna, donde estaban las fábricas. Era un área inmensa con docenas de barracones largos y chimeneas muy anchas, donde trabajábamos de diez a doce horas diarias, bajo la vigilancia de los temidos *kapos*. El único rato de descanso era media hora para almorzar. Si alguien incumplía las reglas o no realizaba su tarea con la eficiencia y rapidez exigidas, lo mataban allí mismo. En la tarde los camiones pasaban para recoger a los que habían muerto durante la jornada.

Raquel estaba asignada a la IG Farben, una de las empresas más prestigiosas de Alemania, que utilizaba mano de obra esclava para producir sus combustibles líquidos y goma sintética. A todas las mujeres los químicos les ocasionaban una erupción en la piel que nunca se les quitaba porque no disponían de medicinas.

Mi trabajo en la cantera consistía en transportar bloques de piedra, informes e irregulares, con aristas cortantes, que requerían al menos dos personas para levantarlos. El terreno era empinado y, cuando llovía, se volvía pantanoso. Los zapatos de madera tipo zuecos que calzábamos se nos salían de los pies y nos causaban ampollas. Al resbalar, perdíamos el equilibrio y las piedras nos caían encima. Entre tanto, los *kapos* y los guardias nos ordenaban a gritos y empujones que anduviéramos más rápido. Nos azotaban si no nos levantábamos de inmediato y siempre existía la posibilidad de que los soldados que estaban cerca nos dispararan.

Al ver mis manos sangrantes, llenas de heridas, me aterrorizaba perder la movilidad de mis dedos. Necesitaba mantener vivo mi *leitmotiv* de llegar a ser concertista algún día, lo único que me sostenía con vida en aquel sitio. Me resistía a desistir de mi sueño, que se tornaba cada vez más inalcanzable. Eso me daba fuerzas para seguir.

Al finalizar la jornada de trabajo en Monowitz, regresábamos a pie al campo central, donde nos revisaban por si habíamos escondido un pedazo de pan, una papa, cualquier cosa que nos estuviera prohibida. Si encontraban algo, las consecuencias eran graves y podía significar hasta la muerte.

Los castigos se efectuaban en el patio central, con la prisionera desnuda frente a todos los prisioneros y soldados. Podían variar de acuerdo con el ánimo de los soldados: la ataban a un potro de madera y la golpeaban con un garrote o un látigo, mientas la obligaban a contar en voz alta los golpes "uno, dos, tres...", o a permanecer desnuda de pie a la intemperie durante toda la noche frente a los reflectores, con las manos en la nuca. Si desfallecía antes del amanecer, el soldado de la torre de vigilancia le disparaba. Un castigo común era utilizar los perros pastores alemanes entrenados para matar. A la orden de "judíos", los soldados soltaban las trabillas y los perros atacaban a los prisioneros que tuvieran delante.

Tan pronto llegamos a Auschwitz, las prisioneras que llevaban más tiempo nos contaron que los nazis gaseaban a la gente que se llevaban en los camiones y que luego quemaban los cadáveres. Al principio nos resistíamos a creer que fuera cierto, pero era innegable el aire enrarecido, el olor nauseabundo y aquel humo espeso que producía la llovizna constante del polvillo grisáceo. Pronto nos dimos cuenta de que lo que se nos pegaba a la piel eran los residuos de seres humanos, muy probablemente de nuestros familiares. Un intenso olor a muerte flotaba ineludible en Auschwitz.

Mamá estaba muy angustiada. Nos repetía que no

fuéramos a desobedecer ni a retar a los soldados, que tratáramos de pasar inadvertidas. "Esos nazis son malvados", nos decía. Sufría mucho por nosotras y por no saber de papá. Cada vez más delgada y débil, se consumía por días.

Vimos con horror las selecciones que hacían los soldados para eliminar a los que ya no les servían para el trabajo esclavo o con el propósito de hacer espacio en las barracas para los recién llegados. Nos daban la orden de desnudarnos y nos congregaban en el patio central, una táctica muy eficaz para despojarnos de nuestro último reducto de dignidad y recato.

Comenzaban con "los musulmanes", como llamaban a los prisioneros sucios y malolientes, a quienes las palizas, la inanición y el vacío por el asesinato de sus seres queridos los habían transformado en muertos en vida. Tenían los pómulos sobresalientes, los ojos hundidos, el cabello en hilachas y la piel cetrina apergaminada, llena de úlceras y pegada a los huesos. Su voz era apenas audible, temblaban sin control y se movían con lentitud. Alucinaban por el hambre, sólo reaccionaban cuando les gritaban y al final no les importaba lo que hicieran con ellos, aguantaban los golpes sin protestar, hasta que morían cuando no podían resistir más.

Luego tocaba a los de más edad y a los más débiles. Cualquier erupción en la piel, un indicio de fragilidad o de incapacidad para trabajar, significaba una sentencia de muerte. Los soldados solían ir a la enfermería y al hospital a sacar a los enfermos para llevarlos a la cámara de gas. A veces nos pinchábamos los dedos para que salieran algunas gotas de sangre y nos las pasábamos por las mejillas, para lucir saludables y alargar las posibilidades de vivir.

Con el tiempo nos enteraríamos de que en Auschwitz también había prisioneros cristianos, cuyo delito había sido proteger a judíos o que habían sido acusados sin razón. Era frecuente ver llegar en los trenes a monjas, sacerdotes, ministros evangélicos y Testigos de Jehová; a gitanos, también llamados roma, porque eran nómadas y diferentes; a minusválidos por su "imperfección", de acuerdo con el prototipo ario que los nazis habían adoptado a su antojo; y homosexuales a quienes pretendían "rehabilitar".

Cada día llegaban más prisioneros provenientes de toda Europa. Ellos nos mantenían al tanto de los últimos acontecimientos, del avance de los nazis y, sobre todo, de la proliferación de campos de concentración en todos los países ocupados: Polonia, Alemania, Holanda, Checoslovaquia. Auschwitz parecía ser el peor, una eficiente maquinaria de muerte a gran escala, donde tarde o temprano todos estábamos destinados a morir. No sabíamos de qué manera: un balazo, en la cámara de gas, despedazadas por los perros, a palos, de inanición o por una enfermedad. No había escapatoria.

Sabíamos que a unos tres kilómetros del campo principal los nazis construían algo importante y grande, porque veíamos el movimiento constante de prisioneros y prisioneras que iban a trabajar, así como de niños, algunos muy pequeños, a quienes habían perdonado la vida para usarlos como esclavos.

Poco después inauguraron Auschwitz II-Birkenau y anunciaron por los parlantes que trasladarían un gran número de prisioneras. Los guardias comenzaron a entrar a las barracas y sacaban a empujones a las mujeres. De inmediato sospechamos que planificaban una selección extraordinaria para deshacerse del excedente humano y no llevarlo al nuevo campo.

Nosotras tres decidimos escondernos debajo de unos camastros. Raquel se quedó rezagada, así que la agarré con rapidez y la arrastré hasta donde estaba mamá, unos momentos antes de que dos SS entraran. Se acercaron tanto a nuestro escondite, que veíamos las botas apenas a unos pasos y sentíamos las pisadas impacientes. Al más leve movimiento nos descubrirían. Contuvimos la respiración, con la cabeza pegada al piso. Una rata pasó muy cerca de nosotras. Mi hermana estaba aterrorizada y temblaba. Mamá le tapó la boca para que no fuera a escapársele algún sonido. Sus ojos desorbitados la miraban suplicante. Los hombres salieron pronto, el hedor en aquel sitio era insoportable y sabíamos que tenían miedo a contraer el tifus. La mayoría de las mujeres de nuestra barraca fueron llevadas a las cámaras de gas. Muy pocas fuimos trasladadas a Birkenau. Aquel día burlamos a la muerte.

Las nuevas barracas eran de madera y, al menos al principio, estaban limpias. Nos ubicaron en la número 10. Cada día los trenes traían miles de personas, así que pronto el espacio resultó insuficiente y, como apenas nos permitían bañarnos ni disponíamos de agua corriente para lavar nuestro uniforme, poco tardaron en regresar la inmundicia, las alimañas y los piojos.

Comprobamos alarmadas que, en los extremos de Birkenau, los nazis habían construido varios crematorios con entradas subterráneas. Sobre ellos destacaban unas chimeneas enormes, nada comparables a la que había en el campo principal. Resultaba obvio que el proceso sería aún más eficiente. Así no tendrían que recurrir al recurso adicional de incinerar miles de cadáveres al aire libre, apilados o en fosas.

Para la inauguración, llegaron caravanas de carros negros, grandes y elegantes, que portaban al frente banderitas rojas con la esvástica negra. Se dieron cita los jefes más importantes y políticos nazis de renombre, con sus uniformes de gala y acompañados de cientos de soldados de elite, para una gran celebración. Algunos hasta comentaron que Hitler asistiría. Se congregaron frente al edificio principal, que destacaba por su torre y una arcada inmensa por donde pasaban los trenes que a diario entraban al campo repletos de nuevos prisioneros. La celebración mayor fue la inauguración de las nuevas cámaras de gas y de varios crematorios. Ese día gasearon miles de prisioneros en una demostración de cómo funcionaba el nuevo sistema. Los jerarcas nazis estaban encantados.

Dos días después, Ilse llegó una tarde a la barraca, temblorosa, pálida y a punto del desmayo. Había presenciado cuando los soldados llevaron al hospital a los niños que habían trabajado en la construcción de Birkenau y cómo los habían asesinado, uno a uno, con inyecciones de fenol en el corazón. Estrenaron uno de los crematorios con ellos. Desde ese momento, a cualquier hora, las chimeneas vomitaban el humo negro. El hedor a grasa y a carne quemada se tornó insoportable. Vivíamos con náuseas.

En los próximos meses los nazis ampliarían Birkenau varias veces para alojar más prisioneras. Además, construyeron otros crematorios en Auschwitz I, el campo principal. La máquina de la muerte se tornaba cada vez más eficiente. Estaban decididos a acabar con nosotros.

En Birkenau inauguraron una barraca enorme para clasificar y empaquetar las prótesis y los dientes de oro de los prisioneros asesinados; el cabello que sería utilizado como materia prima de tapicería; y las cenizas provenientes de los crematorios que se convertirían en abono fertilizante para las plantas. Todo se enviaba empaquetado y rotulado a unos almacenes en Berlín, en los mismos trenes que llevaban al campo a los prisioneros y que de otra manera hubieran regresado vacíos. Las mujeres que tenían que realizar esas tareas, a menudo sufrían crisis nerviosas y muchas se suicidaron. ¡Cuántas se habrán preguntado si aquellas cenizas, cabellos, dientes o prótesis serían las de sus padres, sus hermanos, sus hijos, sus esposos! Yo seguía en la cantera y casi lo prefería. No hubiera soportado que me asignaran al almacén.

Al llegar el invierno, la temperatura descendió varios grados bajo cero. Si por el día era una tortura estar al aire libre, por las noches casi no podíamos resistir la ventisca fría que se colaba por las rendijas de la barraca de madera. Se nos congelaban las manos y los pies. No disponíamos de abrigos, a pesar de que en el almacén Kanada había miles, según nos habían contado mamá y otras mujeres que trabajaban allí. Lo único que logramos fue que nos trajeran mantas, que olían muy mal y eran tan ralas que apenas nos protegían del frío.

Cuando la nieve se derretía, se amalgamaba con la tierra y se convertía en un lodo pegajoso. El roce de la madera de los zapatos nos causaba unas llagas muy dolorosas. Resbalábamos y nos caíamos. Mamá rasgó unas tiras de nuestras colchas para que Raquel y yo nos envolviéramos los pies.

Las prisioneras estábamos obsesionadas por no perder la noción del tiempo, por descifrar en qué día, en qué mes y en qué año vivíamos. Cada día nos repetíamos unas a otras: ¿qué día es hoy?, ¿estás segura? Algunas se esmeraban por llevar la cuenta, pero ninguna confiaba en que estuviera correcta. Necesitábamos determinar cuánto tiempo llevábamos allí, sin importar que no supiéramos hasta cuándo ni para qué. Cada día era igual o peor que el anterior.

Por las noches, cuando apagaban las luces, varias mujeres dirigían en voz baja las oraciones, a veces la *Schemone Esre* de las dieciocho bendiciones, otras la *Shema Israel*, o el *Abinu Malkenu*. Los viernes en la noche, recitábamos el *Kidush*, para esperar el *sabbat*. Por supuesto, sin vino ni copa de plata, sólo con algunos pedazos de pan duro que guardábamos para la ocasión, burlando a los guardias. Además, con frecuencia nos dábamos a la tarea de contar historias del pueblo judío. En aquellas circunstancias, era la única manera de sentirnos vivas, de preservar nuestras creencias y nuestra historia. No podíamos permitir que nos aniquilaran de esa manera.

Una noche, en la barraca, notamos a una joven en una actitud extraña. La hermana acababa de morir y ella miraba el cadáver a su lado con una expresión perdida, rara, incapaz de reaccionar, de llorar, de decir algo. Le hablamos, pero no contestó, como si se hubiera convertido en piedra. Estuvo toda la noche en la misma posición, junto a su hermana, sólo se mecía de un lado a otro con un ritmo aterrador. Como una autómata, con la misma expresión neutra en el rostro, caminó hasta el patio central para el recuento matutino. No se paró en la fila como siempre, el guardia la mandó detenerse y ella lo ignoró. Le dispararon por la espalda. Siempre he creído que fue un suicidio.

Yo estaba convencida de que nuestra única salida era morir, cuanto más pronto mejor, para poner fin a aquel tormento. Consideré varias veces lanzarme contra las verjas electrificadas, como había visto hacer a otros prisioneros, pero pudo más la razón que mi cobardía o tal vez fuera un sentido de supervivencia que entonces no fui capaz de entender. Las palabras de papá me lo impedían y, además, mamá no se merecía que yo le ocasionara más sufrimientos.

No sabíamos si papá aún estaba vivo, la incertidumbre era desgarradora. Intentaba ser fuerte, mantener la cordura. Asistía impotente a mi propia desintegración y la de nuestra familia. Mamá había enmudecido y estaba cada vez más pálida, con sus ojos mustios nublados por la tristeza, hasta que fueron evidentes los síntomas del temido tifus.

—Leah, hoy llevaron a trabajar a la enfermería a un prisionero que dice ser médico. Creo que es tu padre, pues me pareció oír que su apellido es Felton —me dijo Ilse una noche, en voz baja.

—¡Es él! ¡Está vivo! ¿Cómo está?

—Muy delgado, demacrado, débil como todos.

—¿Te dijo algo? —pregunté ansiosa.

—A los prisioneros no nos permiten hablar. Puedo intentarlo si nos quedamos solos un rato, pero eso no es frecuente. No va a ser fácil.

—Debemos decírselo a mamá y a Raquel.

—Tu hermana no tiene tu fortaleza, por eso decidí hablar primero contigo. La conoces y debes ser quien se lo comunique. Y tu madre, no voy a mentirte, Leah, estoy segura de que tiene tifus. La veo muy mal y no sé cuánto más pueda resistir. Si nos permitieran llevarla a la enfermería tal vez pueda mejorar algo, aunque allí apenas tenemos medicinas. Por otro lado, temo que tu padre no pueda contener su emoción al verla. Si los nazis se dan cuenta, son capaces de matarlos a ambos.

—Trata de hablarle, para advertirle. Por favor, Ilse, dile que estamos vivas, que lo amamos mucho y que no se me olvida lo que me pidió. Que sea fuerte él también, que tenemos que salir de aquí con vida para volver a ser una familia. Dile que pensamos mucho en él, que lo amamos —dije. Lloraba, sin poder contener la emoción. ¡Mi padre estaba vivo!

"Papá está vivo y trabaja en la enfermería", me repetía una y otra vez, hasta convencerme, de que no lo matarían mientras les fuera útil. Aquella noche no pude dormir y decidí contarle a mi hermana la conversación con Ilse.

—Quisiera verlo. ¡Lo extraño tanto! Y mamá se muere, Leah —me dijo llorosa.

No encontré palabras para contestarle, sólo la abracé. ¡Me sentía tan impotente! Mi hermana había cambiado mucho, la veía sufrir y cómo a la fuerza se había transformado en poco tiempo en una mujer, pero muy frágil. No se veía hermosa, ya no la envidiaba. Cuánto hubiera dado por regresar al pasado.

Mamá estaba muy débil. Hacía días que Raquel y yo nos acostábamos con ella en el piso, en un rincón, porque las demás prisioneras no querían que se les acercara, por temor a contagiarse. Allí nadie se salvaba del tifus. A mi hermana y a mí no nos importaba. Una noche comenzó a temblar sin cesar, con fiebre muy alta, casi no nos reconocía. Me aterraba que no podría salir a trabajar, pronto la echarían de menos en los recuentos y la irían a buscar a la barraca para matarla, como habían hecho tantas veces con otras prisioneras.

Al amanecer comenzó a delirar. Miré el rostro cenizo, la boca abierta, la respiración jadeante. Estaba tan delgada, tan demacrada. Me conmovió recordar su belleza anterior, sus ojos llenos de vida, su melena hermosa, su risa. Evoqué los momentos felices: ella tejiendo, sentada en la sala de nuestra casa; el aroma delicioso del pan que nos despertaba al amanecer; cómo recibía a papá cada tarde cuando llegaba del consultorio; sus caricias; hasta sus regaños. Nuestra familia se había desintegrado.

Grabé su imagen como deseaba recordarla, despreocupada y feliz, la de antes de haber entrado a aquel abismo del que nunca saldríamos. Nada volvería a ser igual. Raquel y yo llorábamos inconsolables, la abrazamos, la besamos, le dijimos cuánto la amábamos. Su cuerpo no nos respondió, pero quisimos creer que su espíritu sí nos entendía.

Era necesario llevarla a la enfermería para que un médico la viera, a pesar del riesgo que correría si los soldados decidían llevarse a las enfermas a la cámara de gas, como hacían a menudo. De todas formas, estaba en peligro de muerte y era la única posibilidad de poderla ayudar. Ilse llamó a la *boklova* de turno, de nombre Anika, una mujer áspera y desagradable, que caminaba como un elefante dando tumbos, para pedirle que le permitiera llevarla a la enfermería. Al principio se negó; sólo accedió cuando Ilse le dijo que podía ser tifus. Raquel y yo tratamos de acompañarla. La *boklova* nos dio un empujón y nos gritó tajante que nos quedáramos.

Desarticulada e inerme, mamá parecía una muñeca de trapo. Ilse, nuestra querida Ilse, se la llevaba a rastras, sin importarle un posible contagio. Desconsoladas, las observábamos alejarse, con el convencimiento de que no volveríamos a verla. Esa noche, mi hermana me preguntaba desolada: "¿Por qué, Leah, por qué?". Yo no tenía respuesta. Desde nuestra llegada a Auschwitz me había hecho la misma pregunta una y otra vez.

Trabajamos ese día en vilo, como autómatas, la incertidumbre era desgarradora. Adivinábamos la noticia que Ilse nos traería por la tarde. Cabizbaja, con el semblante triste, casi sin atreverse a mirarnos a los ojos, nos dijo muy pausada, como si no quisiera lastimarnos:

—Cuando llegamos a la enfermería había varios doctores nazis. Felton también estaba allí, en una esquina. Con el rostro sombrío, me ayudó a poner a Vera sobre el catre. Contrario a lo que temía, logró mantenerse calmado. Sólo yo noté su desasosiego, su tristeza. Ella abrió los ojos y lo miró, como en un destello de lucidez. Trató de decir algo y expiró tranquila. Felton sólo inclinó la cabeza y se dio vuelta, para que sus lágrimas no lo delataran.

Llorábamos en silencio. Ilse no encontraba palabras para consolarnos. Mamá se había liberado, nos dijo, no sufriría más, no podrían hacerle más daño. Eso lo sabíamos, pero la echaríamos mucho de menos. ¡La amábamos tanto! Mamá había muerto, a papá tal vez tampoco volveríamos a verlo. Mi hermana y yo nos habíamos quedado solas. "Tampoco verá morir a sus hijas", pensé. Sentí un alivio inexplicable, por el que siempre me he sentido culpable.

Esa noche recitamos con lágrimas y en voz baja el *Kadish*, nuestra plegaria fúnebre, la que los hijos pronuncian por sus padres cuando mueren, la oración de los huérfanos: "*Yitgadal, veyitkadash shemé raba*" (exaltado y santificado sea el nombre del Gran Soberano), así comienza y se repite. Otras prisioneras se nos unieron, para completar el *miniam*, el quórum requerido.

Ilse nos abrazó durante mucho rato. Aquella joven se había convertido en nuestra familia, el único afecto que teníamos en ese sitio infernal. En aquel momento me di cuenta de que ella sí podía entender la magnitud de nuestro dolor porque también había perdido a su familia y se había quedado sola. Ahora las tres seríamos hermanas.

Unos días más tarde, Ilse pudo burlar a los guardias y hablar con papá. Estaba muy triste y preocupado por Raquel y por mí. Le aseguró que estábamos bien y que cuidaría de nosotras hasta que pudiéramos reunirnos con él. Papá nos mandó a decir que nos amaba, que resistiéramos, que pronto estaríamos juntos. ¡Si nos hubiese visto en las condiciones en que nos encontrábamos! Semanas después no volvió al trabajo en la enfermería. Ilse escuchó que lo habían trasladado a otro campo y no volvimos a saber de él.

Raquel y Leah llevaban casi un año en Auschwitz, cuando una tarde soleada de mayo hicieron formar en el patio a las prisioneras para dar la bienvenida en grande a un nuevo personaje: el Lagerarzt, *el director médico.*
Joseph Mengele había llegado.
Se realizó un gran desfile en su honor. Los soldados entonaban la Horst Wessel Lied. *En la mañana permitieron bañarse a los prisioneros, para lo que les repartieron unos jabones malolientes y pegajosos, que apenas hacían espuma. A pesar de todo, era inevitable que el aspecto desnutrido y humillado de los prisioneros contrastara con el de Mengele, que vestía el uniforme impecable de los oficiales de la SS, las botas altas, una escarapela de oro en la solapa y una cruz al cuello. En el gorro, la insignia de la calavera. En el cinturón, el lema "Con la bendición de Dios". La hebilla lustrosa resplandecía con los rayos del sol.*
Su atractivo y elegancia emanaban un encanto sutil, casi un aura de perfección, que impresionó a algunas mujeres. Sin embargo, su aspecto distaba mucho de la figura aria que los nazis habían escogido como el prototipo del hombre perfecto. Delgado, de estatura mediana, cabello castaño oscuro, de ojos verdosos y pequeños, que se juntaban cerca del puente de la nariz prominente. Tenía un espacio notable entre los dientes delanteros superiores.
Los prisioneros no tenían idea de quién era el recién llegado. Era obvio que se trataba de alguien importante. Muy pronto lo descubrirían.
Tiempo después, Mengele se presentó en el patio central durante el pase de lista y preguntó quiénes tocaban algún instrumento musical. Raquel y Leah levantaron la mano. En el campo existía una orquesta de hombres y se gestaba la orquesta femenina, la Madchenorchester von Auschwitz. *Tocar en la orquesta significaría para las prisioneras*

una mayor posibilidad de mantenerse con vida, mejor trato, baños más frecuentes, librarse del burdo uniforme a rayas, comer un poco mejor y alejarse de los trabajos pesados.

Acababa de llegar prisionera, arrestada en Holanda, la sobrina de Gustav Mahler, Alma Rosé, una famosa violinista austriaca que había dirigido la Wiener Waltzermadeln, la Orquesta de Mujeres de Viena. Mengele la reconoció de inmediato y le ordenó que hiciera realidad su idea porque, según sus propias palabras, ellos "amaban la buena música y deseaban disfrutar de ella cuando hacían su trabajo". La orquesta estaría bajo la supervisión de la SS Oberaufseherin María Mandel, la jefa de las guardianas, quien se convirtió en la madrina y protectora del grupo.

María Mandel era austriaca, de poco más de treinta años y acababa de ser trasladada del campo de Ravensbruck como premio por su gran capacidad de trabajo. Había llamado la atención de sus superiores. A pesar de la quijada prominente, las cejas pobladas, el cuerpo ancho y tosco, no podría decirse que fuera fea. Su eficiencia no tenía límites y tampoco su crueldad, sobre todo hacia las mujeres y los niños. Las prisioneras la llamaban la bestia.

Seguimos a Alma hasta la barraca destinada para la orquesta, donde sus integrantes practicarían y vivirían en lo sucesivo. Sobre una mesa y recostados a las paredes, vimos amontonados varios violines, violas, flautas, dos chelos, un oboe, un acordeón y un *piccolo*, algunos en estado lamentable. Me pregunté quiénes serían sus dueños y qué habría sido de ellos. Seguro que, si estaban vivos todavía, los echarían de menos, como yo a mi Guarneri. Cada una debía escoger alguno que le gustara o el suyo, si lo encontraba. Mi violín, con su inconfundible estuche azul, no estaba allí. Tuve que conformarme con uno de sonoridad bastante opaca.

Alma era judía, convertida al cristianismo. Tendría alrededor de cuarenta años, estatura mediana, de ojos castaños vivaces y andar decidido. La conocí con la cabeza rapada y luego me di cuenta de que su cabello era castaño claro y rizado. Actuaba como si la hubieran contratado para dirigir la orquesta de una distinguida sala de conciertos. Admirábamos su altivez y seguridad, se hacía respetar por los nazis y hasta parecía no tenerles miedo. Me preguntaba cómo lo lograba, porque resultaba evidente que Mengele y la Mandel sentían admiración por ella, a pesar de su origen judío y de estar allí prisionera.

Cada una de nosotras tocó ante Alma, en algo parecido a una audición, que la Mandel también debía aprobar. Yo estaba muy nerviosa, hacía mucho que no tocaba y, además, mis manos estaban muy lastimadas por el trabajo en la cantera. Sentía miedo a no poder producir un solo sonido armónico y estuve a punto de renunciar a esa oportunidad. Decidí quedarme, no tenía nada que perder.

Toqué la *Chacona* de la Partita número 2 en re menor, de Bach. Afiné como pude el violín, que en nada se parecía a mi Guarneri. Mis manos temblaban cuando lo coloqué en mi hombro. Al principio me fue difícil la digitación, pero poco a poco mis dedos volvieron a reencontrarse con las cuerdas. Cerré los ojos e imaginé que era libre, que estaba en otro lugar, que aspiraba a tocar en una orquesta de renombre. Las notas comenzaron a fluir, poco a poco, inundaron mis sentidos y la música fue bálsamo que hizo desaparecer mis heridas más profundas, al menos por un rato.

—Basta, es suficiente, tocas muy bien. Tu técnica es impecable, se nota que vibras al compás de la música. Te felicito, tienes madera de concertista —me dijo Alma con firmeza.

Abrí los ojos, sorprendida por sus palabras. Aún en medio de la realidad innegable en que me encontraba, aquel elogio proveniente de una excelente violinista como ella me emocionó. ¡Hacía tanto tiempo que no tenía un violín en mis manos! Comprobé feliz que mi sueño continuaba latente, que los nazis no habían podido arrebatármelo. En ese momento, me sentí invencible y con nuevas fuerzas para seguir. "Nada ni nadie podrá vencerme, papá tenía razón, soy fuerte", me dije a mí misma.

El nivel de las aspirantes era muy disparejo. Aunque algunas resultaron buenas ejecutantes, la mayoría era mediocre. Alma no rechazó a las que no servían. Me nombró como primer violín y en el chelo a una joven llamada Anna, hija de un chelista polaco muy famoso. Alrededor de cuarenta mujeres integramos la orquesta original, compuesta por varios violines, violas, dos violonchelos, un contrabajo, un acordeón, dos mandolinas y tres flautas.

Lo primero que nos dijo tajante y sin rodeos fue que, si queríamos formar parte de la orquesta, tendríamos que obedecerla y practicar mucho. Algunas la consideraban déspota y hasta simpatizante de los nazis. En realidad aquella era su manera de salvarnos de la muerte. Entendimos que tocaríamos para ganar tiempo, un día a la vez, para estirar lo que nos quedara de vida. ¡Cuánto recordé las palabras de mamá cuando nos repetía que estudiáramos, que la música siempre nos serviría de algo!

Alma pidió que le consiguieran un piano en el Kanada para Raquel. La Mandel había decidido que mi hermana no tocaría en la orquesta y que tenía que regresar a las barracas comunes. Alma argumentó con energía que Raquel sabía mucha música y que la necesitaba, no sólo para tocar el piano, sino también para que estuviera a cargo de las partituras y de alguna orquestación. La Mandel se mantuvo firme y se negó.

Quise irme con ella, pero Alma no me lo permitió. La Mandel me ordenó quedarme porque dijo que era muy buena violinista. Alma, en un aparte, me aseguró que intentaría otra vez conseguir un piano y que no cejaría en su empeño de rescatar a Raquel. Me quedaba sola, desamparada, me separaban de mi hermana, lo único que me quedaba. ¿De qué más me iban a despojar esos monstruos? Mi único consuelo era que mi hermana regresaba a la misma barraca donde se encontraba Ilse y ella la protegería.

De inmediato nos mandaron al hospital para que nos sometieran a un proceso de desinfección para eliminar los piojos y las pulgas. Nos trasladaron a la barraca destinada para la orquesta y pudimos ducharnos. Los uniformes consistían de una blusa blanca y una falda azul oscuro, así que pudimos liberarnos del odioso de tela burda y rayas. En lo sucesivo nos permitirían bañarnos con frecuencia y lavar nuestra ropa. En el nuevo dormitorio no había hacinamiento, las literas eran mejores y hasta disfrutábamos de un colchón y una manta, aunque bastante ralos. Tampoco había ratas ni otros insectos.

Teníamos un salón adicional, no muy grande, donde se llevarían a cabo los ensayos. Echaba de menos a mi hermana y me sentía culpable de poder disfrutar de esos pequeños beneficios que, en aquellas circunstancias, eran casi un lujo.

Alma era una ejecutante magistral. Conocía la tesitura de los instrumentos, sus limitaciones técnicas y cómo lograr la mejor mezcla de timbres. No había duda, era una virtuosa. Ella se ocupaba de las orquestaciones y le ofrecí ayuda porque era mucho trabajo para una sola persona. Aprendí mucho a su lado.

Pocos días después, una prisionera me entregó con discreción el primero de varios mensajes de Ilse, informándome de Raquel. No me sorprendió, porque sabía que tenía acceso a algunas medicinas, que le servían para sobornar a los *kapos* y a otros prisioneros. Así lograba ayudar a otras prisioneras para enviar mensajes a sus familiares. Se jugaba la vida y yo también. De esa forma pude saber con frecuencia de mi hermana y comunicarme con ella.

La Mandel consiguió en el Kanada una selección extensa de partituras, de entre las pertenencias requisadas a los prisioneros. Montamos nuestro repertorio con piezas como *La viuda alegre*, *La barcarola*, valses de Strauss, canciones alemanas, marchas de corte militar y muchas más. Por supuesto, la música de los compositores judíos estaba vedada. Los nazis la llamaban *entartete musik*, música degenerada. Teníamos que tener mucho cuidado para no fallar.

Para inaugurar la orquesta de mujeres, María Mandel nos ordenó que preparáramos un concierto para los oficiales encargados del nuevo campo de Birkenau. Esa tarde Mengele estaba entusiasmado y en primera fila. Alma interpretó las *Czárdás*, de Monti. Yo toqué el Capricho 16, de Paganini y una transcripción del aria de la *Butterfly*, a petición de la Mandel, pues era su ópera favorita.

Anna dejó a todos electrizados con la Suite número uno para violonchelo, de Bach. Luego tocó una selección del Tercer movimiento del Concierto para chelo, de Dvořák. Como era de corte marcial, encantó a los soldados, sobre todo a Mengele. Además, incluimos en el programa varias canciones alemanas y otras piezas populares. Los nazis hasta cantaron y aplaudieron entusiasmados. Alma nos miró satisfecha e hizo un gesto de aprobación. La calidad de la orquesta quedó demostrada y nuestra supervivencia parecía estar asegurada, al menos por el momento.

Mengele le ordenó a Alma que todos los domingos en la tarde ofreciéramos un concierto, para aprovechar que ese día no se trabajaba. Debíamos comenzar siempre la función con la *Obertura* de los Maestros cantores de Nuremberg, de Wagner. Para las integrantes de la orquesta representaba una carga adicional de trabajo y nos dejaba sin nuestro día de descanso. No nos importó, porque entretener a los nazis para que estuvieran satisfechos con la música era mejor que marchar hacia la cámara de gas.

El primer concierto dominical fue dedicado a María Mandel, por su reciente ascenso a *Schutzhaftlagerführerin*, pues en lo sucesivo sería la jefa de mayor rango, a cargo de todas las *boklovas* y de las barracas de mujeres. A pesar del nuevo puesto, Mengele quiso que continuara de madrina de la orquesta, papel que le encantaba y la hacía sentir importante.

Poco después llegó Irma Grese a Auschwitz, la nueva Oberaufseherin, *posición que antes ocupaba María Mandel. Con apenas veinte años, la Grese la superaba en crueldad y sadismo. De baja estatura, cuerpo redondeado y tosco, tenía una cara preciosa, enmarcada por una cabellera rubia muy cuidada que brillaba al sol y que llamaba la atención. Sus ojos grandes eran fríos, penetrantes, y contrastaban con una boca sensual. Siempre llevaba una fusta en la mano y no vacilaba en usarla a su antojo. Se refería a los judíos como "los insectos", en tono despreciativo y áspero.*

En el campo se comentaba que la Grese era amante de Mengele, porque paseaban juntos a menudo, algunos lo refutaban al decir que era lesbiana. Lo cierto es que la Grese solía aplicar castigos sexuales, algunos elaborados y de un sadismo inimaginable. Si la prisionera era bonita, más se ensañaba con ella. En ocasiones seleccionaba varias mujeres y las hacía trabajar para ella completamente desnudas. Así le tenían que servir la comida, fregar los pisos y realizar cualquier tarea que a ella se le antojara. Pronto las prisioneras se dieron cuenta de que era peor que la Mandel y la bautizaron como la hiena.

Anna y yo éramos casi de la misma edad, practicábamos juntas y tocábamos como solistas en las representaciones. Como me sentía muy sola, Ilse no estaba cerca y mi hermana tampoco, fue maravilloso tener una amiga con quien hablar y que tuviera los mismos intereses musicales. A pesar de que Anna era polaca, nos podíamos comunicar sin dificultad porque también hablaba francés y alemán. Lloraba a menudo porque, desde que llegaron a Auschwitz, no sabía de su madre ni de su hermana. El padre había fallecido antes de que ellas fueran trasladadas al campo. Me faltaban palabras para consolarla, yo misma las necesitaba y, además, cualquier expresión de aliento que le dijera resultaría inútil.

Alma nos exigía calidad, el mejor sonido posible, muy difícil de conseguir en un grupo tan disímil en talento, aunado por el destino en aquel sitio donde reinaba el terror y en el que la música no parecía tener cabida. Siempre nos pedía más: "ese *rubato* puede mejorar", "ése no es el *tempo* adecuado", "mejora ese *pizzicato*", "todavía no está bien, vamos de nuevo", "el *vibrato* y el *tremolo* no están definidos", "aún no suena como es debido", "vamos, con más fuerza", "comencemos otra vez". Parecía que nunca se cansaba y nos exigía cada vez más. El nivel de la orquesta mejoraba por días.

En las noches veíamos cómo Alma caía exhausta. Creo que emprendió ese ritmo vertiginoso para aturdirse, para sumergirse en la música y no darse cuenta de lo que sucedía a su alrededor. Tal vez era una manera de escapar de la realidad y entretener a sus propios fantasmas.

Tocábamos en la entrada principal del campo, a la intemperie, durante horas interminables, de día, de noche, con frío, con calor, con lluvia. En aquella época, las ejecuciones se hacían frente a todos los presos, por lo que a menudo ubicaban a la orquesta frente al paredón, que se encontraba entre los bloques 10 y 11, cerca del patio central. La pared estaba pintada de negro y en el piso colocaban arena para absorber la sangre de los fusilados. Al arrastrar los cadáveres hasta el crematorio, quedaba una estela roja en las calles de Auschwitz.

En medio de la plaza donde se llevaban a cabo los recuentos diarios estaba el patíbulo, el castigo preferido para los que intentaban fugarse o que se atrevían a enfrentarse a los soldados. En voz alta pronunciaban la sentencia, primero en alemán y luego en polaco. Un preso seleccionado tenía que fungir de verdugo. El condenado se subía a una caja, le colocaban la soga al cuello, accionaban una palanca, quitaban la caja y el cuerpo caía al vacío. La muerte no era instantánea. Los SS y los prisioneros observaban impasibles al colgado retorcerse por la asfixia y luego expirar.

A los prisioneros los obligaban a marchar al compás de la música y a presenciar los castigos y las ejecuciones, inmóviles durante horas, sin poder reaccionar. Muchas veces el ajusticiado era un familiar o un amigo. La orquesta tenía que tocar hasta que le ordenaran parar. Me aterrorizaba pensar que cualquier día me pudiera encontrar en aquellas circunstancias con papá, con mi hermana, con Ilse o con alguien conocido. Quería pensar que en esos últimos momentos, tal vez, les amortiguábamos su dolor camino a esa muerte absurda y atroz. La música de la orquesta se escuchaba de fondo, como si se tratara de una fiesta. Tocábamos para un público que desaparecía todos los días. Nuestras melodías servían, además, para amenizar el trabajo de los verdugos.

Los gitanos o *roma*, como les llamaban los nazis, estaban aislados del resto de los prisioneros. Recuerdo la tarde que formaron una gran algazara. Los soldados sacaban de su barraca a los gitanos, es posible que para llevarlos a la cámara de gas. Vimos cómo ellos se sublevaban con ferocidad y les devolvieron los golpes, algunos arrebataron las armas a los soldados y mataron a dos o tres. Al final los gitanos fueron masacrados. Los que observábamos aquella escena sentimos una gran admiración por la valentía de esa gente.

Rudolph Höess, el *Oberstumbannführer* o comandante del campo, exigía que la orquesta siempre estuviera a su lado cuando pronunciaba los discursos. En repetidas ocasiones lo tuve muy cerca, un poco tímido, casi inofensivo. Escapaba a mi comprensión que ese hombre de apariencia tan sensible fuera el responsable de la operación de Auschwitz, el que todos los días decidía la muerte de miles de personas inocentes. Le encantaba la música, en especial la del período barroco. Cuando se sentía extenuado de trabajar, se acercaba a la orquesta para escucharnos y se refería a nuestro grupo como "mi orquesta". Su melodía favorita era *Las encinas alemanas,* que teníamos que tocar una y otra vez para él. Como los demás oficiales, el uniforme siempre estaba impecable.

Con frecuencia la Mandel llegaba con una petición suya, más bien una orden. Debíamos prepararnos para interpretar tal o cual pieza en el concierto del domingo siguiente. Él, su esposa y sus cinco hijos se sentaban en primera fila, muy arios y acicalados, luego de asistir a la misa para los oficiales que cada domingo en la mañana oficiaba un sacerdote.

Ese cura me producía curiosidad. Era alto, delgado y rubio, parecía amable y caminaba a zancadas, sin mirar mucho para algún lado, como si quisiera no vernos e irse pronto. Me preguntaba qué pensaría del "trabajo" que realizaban los nazis, de las torturas, de nuestro aspecto, de las cámaras de gas, de los crematorios y del olor innegable a muerte que flotaba en ese sitio. Él parecía no darse cuenta de lo que allí sucedía.

Una mañana, cuando la orquesta tocaba, los trenes llegaron con un cargamento numeroso de franceses. Gertrude, nuestra amiga de la panadería en París, iba entre ellos y pasó frente a la orquesta. Fritz, su esposo, no estaba con ella. Supuse que había sido trasladada de otro campo por su delgadez extrema y aspecto demacrado. No pudimos hablarnos. Continué tocando, el corazón me latía acelerado, casi a punto de reventar. Sudaba, estaba a punto de desmayarme. Hubiera querido correr hacia ella y rescatarla. Más tarde volví a verla cuando los soldados la empujaban hacia los camiones. Volteó la cabeza y, de nuevo, nuestras miradas se encontraron, como en una despedida. Creí desfallecer ante mi impotencia para salvarla. Era una mujer amable, bondadosa y mayor, por lo que resultaba un objeto desechable para los nazis.

Poco después de la invasión nazi a Hungría, llegó un centenar de rabinos húngaros, ancianos venerables de barbas largas. Les ordenaron desnudarse y bailar en círculo frente a los prisioneros, en medio de la plaza. Entonaron la plegaria

Kol Nidre, que los judíos entonamos previo al Yom Kippur. No sé si los SS conocían el significado de aquel canto, porque ordenaron a la orquesta que tocara para acompañarlos y ellos marcaron el ritmo con palmas al compás de la música.

Cuando escuché las palabras en hebreo "*En el tribunal de los cielos y en el tribunal de la tierra, por el permiso de Dios, alabado sea, y con el permiso de su santa congregación, nosotros mantenemos que está permitido rezar junto con los transgresores de la ley*", comencé a llorar sin poder contenerme. ¡Cómo pisoteaban nuestras creencias, nuestra fe! ¿Acaso no teníamos el mismo Dios? No quise mirar a las demás mujeres de la orquesta, pero escuchaba sus sollozos. Me sentía tan humillada, dolida, avergonzada por ellos y por lo que le sucedía a nuestro pueblo. El silencio era absoluto entre los prisioneros y los soldados reían a carcajadas.

"*Bendito seas, Oh, Señor nuestro Dios, rey del universo, que nos has preservado y mantenido con vida para esta celebración*".

Al terminar el espectáculo, los hicieron caminar desnudos hasta la cámara de gas. Allí se dirigieron con dignidad, a pesar de su desnudez, con la frente alta, sin mirar atrás, hasta que vimos cómo se cerraban las puertas tras ellos.

Ese día llegaron dos trenes más procedentes de Hungría y todos sus ocupantes fueron masacrados. Las cámaras de gas y los crematorios no daban abasto, por lo que también hicieron grandes montañas de cadáveres y los quemaron al aire libre. A todos los prisioneros los convocaron al patio central y durante horas tuvimos que presenciar la escena. La orden de la Endlösung o "Solución Final" para erradicarnos de la faz de la tierra se cumplía cada vez con más eficiencia.

Tocaba en la orquesta, inamovible en aquella silla, tratando en vano de escapar a la realidad, de desvanecerme en la nada, de ignorar lo que sucedía frente a mí. Cerraba los ojos para no ver, para no sentir. Evitaba mirar a los prisioneros para luego no recordar sus rasgos cuando los viera muertos. A mis compañeras, que no dejaron de tocar, les pasaba lo mismo, estaban pálidas, crispadas, a punto del desmayo, igual que yo. Los sonidos hermosos que producíamos amenizaban la infamia.

Dos integrantes de la orquesta esa noche se suicidaron.

En el campo se comentaba sobre los experimentos atroces que Mengele realizaba con los prisioneros en el bloque 10, junto con su ayudante Kaduch y otros médicos. Los que eran llevados a ese sitio nunca regresaban.

Ilse le contó a Leah que una vez tuvo que acompañar a un médico nazi al laboratorio de Mengele para recoger unas muestras. La habitación estaba impecable, aséptica, en contraste con la enfermería donde ella trabajaba, apenas sin medicinas ni agua corriente. En una pared había una colección de ojos humanos, cada uno pinchado con un alfiler, como si se tratara de una exhibición de mariposas. Mengele los observaba con detenimiento y hacía anotaciones. No se inmutó cuando ellos entraron.

Sobre una mesa, el cadáver de una mujer joven tenía los brazos amputados. Los instrumentos quirúrgicos estaban al lado, como si alguien los hubiera dejado por un rato para regresar a terminar la tarea. Miró con detenimiento y notó su abdomen protuberante. Había estado embarazada.

En una esquina del laboratorio, Ilse vio una bañera llena de cadáveres de escaso tamaño. Al principio pensó que eran niños, pero después se dio cuenta de que se trataba de enanos, sumergidos en un líquido que emanaba un olor muy fuerte. Algunos tenían la piel desprendida de los huesos. Pegado a la bañera un cartel decía: "Para el Instituto Kaiser Wilhelm, Berlín". Otro recipiente grande, cuyo contenido no pudo determinar, exhibía otro cartel: Instituto Berlín-Dahlem.

A Mengele le gustaba jugar a Dios. No resistía la debilidad, el llanto o las súplicas y se vanagloriaba de ser un hombre listo, a quien nadie era capaz de engañar. Hasta los soldados SS, expertos en crueldad y sadismo, le temían.

Llegaban prisioneros de todas partes de Europa, por lo que era común escuchar hablar en ruso, en rumano, en polaco, en griego, en italiano y en muchas lenguas más. La gente no se entendía con facilidad. Mengele pedía intérpretes porque le exasperaba que los prisioneros hablaran en otro idioma que no fuera el alemán. Cuando no comprendían rápido sus órdenes, los mandaba matar de inmediato.

Mengele tenía una barraca llena de niños y jovencitos

prisioneros, disponibles para sus experimentos. Con frecuencia iba a escoger los que necesitaba para llevar a cabo la locura que se le ocurriera ese día. Los gemelos eran sus preferidos y, si estimaba que ya no le servían, los mataba al mismo tiempo para luego realizar las autopsias y compararlas.

Cuando llegó un tren cargado de niños, dirigido a su nombre, se deshizo de la mayoría de los que tenía en reserva. Prefería quedarse con los que estuvieran en mejor condición física y mental. Mandó a reunir un grupo enorme, ordenó clavar un tablón a cierta altura y les hizo pasar por debajo. Cerca de mil niños de poca estatura pasaron sin dificultad. A una señal de Mengele, los nazis ordenaron a los perros que los atacaran y luego los enviaron a la cámara de gas.

Era Yom Kippur, cuando los judíos recitan una plegaria que dice: "el rebaño ha de pasar bajo la vara del pastor, quien decidirá cuáles habrán de vivir". Mengele disfrutaba al desacralizar los ritos religiosos judaicos y se burlaba de ellos. Con esa acción estableció quién era el verdadero jefe, el pastor, el que hacía pasar al rebaño bajo la vara, el que decidía quién iba a morir o a vivir.

La orquesta llevaba varios meses de organizada cuando la ubicaron frente a una de las cámaras de gas, desde donde veían cómo era el proceso de selección de los prisioneros recién llegados. Pronto entendieron la rutina: a la derecha los que quedarían detenidos en Auschwitz, a la izquierda los que iban de inmediato a la cámara de gas.

A los que se empeñaban en no separarse de sus familiares colocados en la fila izquierda, los dejaban unirse a ellos, sin saber que habían escogido morir. Sin embargo, otras veces invertían el orden: a la derecha la muerte, a la izquierda la vida. La confusión era cruel y nunca se sabía cuál sería la decisión correcta.

Cuando se cerraban las puertas de la cámara de gas, los gritos resonaban aterradores. Las mujeres de la orquesta tocaban y veían al soldado en el techo, con la careta puesta, introduciendo las latas del gas por las aberturas. Al poco rato, sólo quedaba el silencio. Entre tanto, el próximo grupo recibía la orden de ir a ducharse, ajeno a la proximidad de su propia aniquilación. El proceso se repetía una y otra vez.

Los del **Sonderkommando** *sacaban los cadáveres embarrados de vómitos, excrementos, orines y sangre. Los lavaban con mangueras* y, con rapidez eficiente, abrían la boca de cada cuerpo para extraer con un martillo las coronas y los puentes de oro. Luego les revisaban el ano y la vagina en busca de dinero, joyas y diamantes que pudieran haber escondido.

Colocaban los cuerpos apilados unos sobre otros y dejaban visible el brazo izquierdo con el número tatuado. Otra brigada anotaba los números para llevar el registro de los muertos, pues los nazis estaban obsesionados por documentar sus atrocidades con la mayor precisión. Montaban los cadáveres en carretillas y los llevaban a los crematorios. Algunos se caían en el trayecto. Poco después, las nubes de humo negro con hedor a carne quemada invadían todo el campo y el polvillo caía sobre los que quedaban vivos.

Los prisioneros destacados en el **Sonderkommando** estaban condenados a muerte. Los eliminaban tres o cuatro meses después de haber sido asignados a esa labor, porque se encontraban agotados y habían visto demasiado. A los que llegaban para sustituirlos, como primera tarea les tocaba matarlos y transportar sus cadáveres al crematorio.

Además de tener un trabajo penoso y repugnante, los confinaban al aislamiento, aparte de los otros prisioneros, con quienes tenían prohibido todo tipo de contacto. Muchas veces dormían y comían en el edificio de los crematorios. Vivían en las entrañas de aquel sitio horrible, con la muerte como única compañía. En ocasiones alguno de ellos se encontraba con su esposa que caminaba hacia la cámara de gas, un padre se topaba con el cadáver de su hijo o un hijo tenía que incinerar a sus padres. Muchos enloquecían y terminaban por entrar ellos mismos o provocaban a los guardias para que los mataran.

Los soldados solían realizar un **sonderaktion** o acción especial. Primero apaleaban a los prisioneros, todavía vivos los amarraban unos con otros y formaban un montículo con ellos sobre leña encendida, los rociaban con gasolina y los quemaban al aire libre. Se retorcían de dolor y se oían gritos desgarradores a la misma vez que las llamas los consumían. No sólo eran adultos, también había niños.

Los asesinatos iban in crescendo. Los nazis habían extendido las vías y los trenes entraban directo al campo para que el transporte de prisioneros fuera cada vez más cronometrado y eficiente. A toda hora llegaban cargamentos humanos, a quienes la orquesta recibía con melodías alegres, llenas de esperanzas. A principio, los recién *llegados se tranquilizaban y caminaban confiados hacia su destino. Algunos niños saltaban al compás de la música. Las mujeres de la orquesta se habían convertido en émulos patéticos del flautista de Hamelín.*

Mengele esperaba a los prisioneros parado en el andén, como para darles la bienvenida. Silbaba despreocupado una melodía de Wagner y sus ayudantes captaban atentos los gestos imperceptibles que hacía con las manos, con la cabeza, con los ojos. Con el semblante amable y una sonrisa, cada día mandaba a la muerte a miles de personas.

En medio de aquella vorágine de atrocidades y de música, Leah se sentía cada vez más insensible, cada vez menos humana.

Presenciar esas escenas de muerte me producía una profunda repulsión. A través de las melodías que fluían del violín, buscaba en vano conectarme con lo que una vez conocí y que esperaba todavía existiera fuera de las alambradas. Me resistía a ser cómplice de la degradación y la crueldad que me rodeaban, no quería saber a quiénes mataban, no quería ver sus rostros porque se me quedarían grabados en la memoria y me perseguirían todos los días, las horas, los minutos que me quedaran por vivir. Hubiera querido diluirme en mi propia oquedad. No podía creer que el mundo entero se hubiera evaporado, que a nadie le importara lo que allí sucedía, que nadie viniera a salvarnos. ¿Habría desaparecido todo, incluida la bondad?

Una tarde nos avisaron que debíamos tocar para recibir al jefe de la Gestapo de Polonia que interesaba ver Auschwitz. El Kommandant Höess mandó a gasear miles de prisioneros en su honor, para que comprobara cómo funcionaban las cámaras de gas y los crematorios. Nunca olvidaré la cara de satisfacción de Höess y la de admiración del visitante al observar el humo negro que salía por la chimenea.

La orquesta tocaba cuando la madre y la hermana de Anna pasaron frente a nosotras rumbo a la cámara de gas. Anna, sin titubear, soltó el chelo y corrió hacia ellas. Las demás no sabíamos qué hacer, no nos atrevíamos a hablar ni a dejar de tocar. Alma se dio cuenta y fue enseguida tras ella para detenerla. Los soldados habían acordonado el sitio y le impidieron el paso. Las puertas estaban abiertas y el grupo estaba a punto de entrar. Anna volteó la cabeza, abrazada a su madre y a su hermana, e hizo una mueca a modo de sonrisa, como en un gesto de despedida. Alma se quedó petrificada, sin saber qué hacer. Anna había hecho su propia selección.

La música continuó...

Las integrantes de la orquesta estuvimos varios días sin poder hablar de lo sucedido. Alma caminaba cabizbaja y también callaba, yo estaba devastada. Anna era mi amiga, una joven dulce, sensible, con mucho talento. En otras circunstancias, hubiera podido lograr su sueño de ser concertista. Intuí que había tomado su decisión hacía tiempo y que sólo esperaba el momento preciso.

Alma nombró a otra muchacha para sustituir a Anna, pero no tenía su virtuosismo. Decidí que no haría amistad con ella, para no sufrir más. Había aprendido que, para sobrevivir, nos estaba vedado soñar o reír. Era imprescindible permanecer insensible como una piedra y aislarse en un mundo propio.

A veces veía a mi hermana de lejos durante el pase de lista en el patio central. No podíamos hablar. Yo estaba en la orquesta y tampoco nos lo hubieran permitido. Al menos me tranquilizaba saber que estaba viva. Todos los días rogaba al cielo que nunca la viera encaminarse a la cámara de gas. No hubiera podido resistirlo.

Un día, Alma me llevó aparte para darme un mensaje de Ilse. Los soldados se habían llevado a Raquel para que sirviera en el club de los oficiales del campamento, que quedaba al otro extremo, en un área vedada para nosotras. Todos sabíamos que en realidad era el burdel donde los SS se divertían con las prisioneras. Mi hermana había heredado los rasgos de mamá y era muy atractiva, por eso la habían escogido. Las muchachas que destinaban al burdel nunca regresaban, sabía que no volvería a saber de ella y que a Ilse también le sería imposible conseguir información. Alma estaba consternada porque no había podido conseguir el piano a pesar de haber insistido varias veces con la Mandel, que se reiteraba en su negativa. Acorralada, impotente ante el desastre, creí volverme loca.

Las siguientes semanas estuve deprimida, desesperada,

triste. No tenía ánimo para continuar, me costaba un esfuerzo enorme tocar el violín. Las lágrimas se desbordaban de mis ojos sin poder contenerlas. El rostro de Raquel afloraba una y otra vez a mi memoria. Recordé nuestra infancia en Bremen, nuestras pequeñas rivalidades de hermanas, las veces que la envidié porque era más hermosa que yo. Cuánto deseé decirle que la amaba, lo que significaba para mí, borrar cualquier cosa desagradable que le hubiera dicho alguna vez. Temí que fuera tarde.

Cuando me disponía a dormir, una noche la temida María Mandel entró y me dijo tajante que la siguiera. Caminé temblorosa tras ella sin saber hacia dónde me llevaba. Para mi sorpresa, llegamos a las duchas, me entregó un jabón que olía delicioso y una toalla, dos lujos impensables para las prisioneras. Ordenó que me bañara de prisa, que esperaría afuera. Durante el baño me pregunté mil veces qué quería aquella mujer y por qué debía bañarme.

Aterrorizada, la seguí por la *lagerstrasse*, la calle principal que conducía al área donde vivían los oficiales de alto rango de la SS, que los prisioneros nunca habíamos visto, donde se comentaba que los nazis tenían una panadería, restaurantes, un hospital y una piscina. En algún sitio estaba el burdel, así que pensé que hacia allí nos dirigíamos, que ése sería también mi destino.

Llegamos a una cabaña, cuya puerta custodiaban dos soldados con uniformes de la *Waffen SS*, la guardia elite de Himmler, a cargo de la protección de los más altos oficiales, a quienes veíamos pavoneándose arrogantes por el campo. Vestían uniforme negro, en el cinturón una calavera plateada y un brazalete rojo con la esvástica, rodeada por dos orlas negras. La Mandel habló con ellos en voz baja algo que no alcancé a oír y me ordenó que entrara. Se retiró y me encontré en medio de una habitación lujosa, con iluminación tenue y muebles hermosos que había olvidado que existían. Olía a frutas frescas.

Tuve la sensación de que no estaba sola. Entonces lo vi. Allí estaba Mengele, de espaldas, sentado en una butaca. Se dio vuelta y me miró durante un rato. No me atrevía a hablar, sentía mis pies como atornillados al piso, incapaz de moverme.

—¿Cómo te llamas?

—Leah Felton

—Acércate. No va a pasarte nada —me dijo con amabilidad.

Le obedecí, pero tenía mucho miedo. Sabía de lo que era capaz aquel hombre, había escuchado y visto muchas de sus atrocidades. Por supuesto, no le creí.

—Te preguntarás qué haces aquí, ¿verdad?

Asentí con la cabeza, sin poder articular palabra.

—Te he observado y sé que eres la mejor violinista de la orquesta. Quiero que toques para mí. Me han dicho que éste es tu violín... —dijo. Se inclinó para sacar algo de abajo de su escritorio. Me extendió el estuche azul de mi Guarneri.

No podía creer lo que me sucedía: la gentileza amenazante con la que me trataba aquel hombre a quien los prisioneros apodaban el Ángel de la Muerte, el regreso de mi violín, su aseveración de que nada malo me sucedería y que sólo quería que tocara. Estaba a solas con él y eso presagiaba peligro.

—Así que eres una *mischlinge* —comentó.

—Mi padre es judío y mi madre era cristiana.

—Tienes una hermana, ¿no?

—Sí —contesté.

Ese hombre lo sabía todo sobre mí, era evidente. ¿Por qué me preguntó hasta el nombre? ¿Para que le temiera aún más? ¿Para confundirme?

Me miró con aire de superioridad, me pareció que hasta con desprecio, como quien está por encima de todo. Advertí cómo una sonrisa sarcástica afloraba. En un instante cambió su actitud y dijo con aparente amabilidad:

—No me gusta ese uniforme espantoso que usan en la orquesta. Cuando toques para mí, quiero que te pongas la túnica que está sobre la butaca.

Sin un sitio privado donde cambiarme, tuve que quitarme la ropa delante de él. Ninguna prisionera llevaba ropa interior, así que le di la espalda para que no viera mi desnudez. Avergonzada, deslicé sobre mi cuerpo la túnica blanca, que tenía un lazo en cada hombro y que pretendía transformar la esclava en una vestal griega. Cuando aquella tela delicada rozó mi cuerpo, me di cuenta que había olvidado cómo se sentía la suavidad de la ropa que usaba antes, cuando era libre.

Entre tanto, Mengele observaba inexpresivo. Sólo hizo un gesto de aprobación con la cabeza cuando me acerqué para agarrar mi violín.

—Toca —ordenó.

Abrí el estuche y me emocioné hasta las lágrimas cuando leí mi nombre en el forro de la tapa superior, escrito con bríos de felicidad e inocencia en otra época muy lejana que apenas podía recordar. ¡Mi amado violín estaba de nuevo conmigo! Acaricié con delicadeza su madera noble. ¡Si Madame Lamar, mi profesora de música, me hubiera visto en esos momentos! Cuando me decía que tenía un gran talento y que tocaría ante personas muy importantes, ni en sus peores pesadillas hubiera imaginado esa escena.

Ajusté las clavijas para afinarlo. Mengele se impacientaba. Puse el violín en mi cuello, sostuve el astil con la mano izquierda y coloqué los dedos en posición. Con la derecha acerqué el arco a las cuerdas en el puente. Apenas podía controlar el temblor de mis manos y pensé que no podría tocar.

—Empieza —insistió impaciente.

La estancia estaba impregnada de un aroma dulzón a jabón, a perfume caro. Mengele era un hombre refinado, de modales elegantes. Ahora que lo veía más de cerca, llamó mi atención la delicadeza de sus manos cuidadas y comprobé, no sin satisfacción, que las facciones eran más judías que arias. Casi esbocé una sonrisa.

"No te dejes engañar, Leah", me dije. "Este hombre es un demonio que hoy se ha disfrazado de nobleza. No te confíes, no bajes la guardia". Su porte presuntuoso me irritaba.

—¿Qué desea que toque? —pregunté con voz apenas audible, muerta del miedo.

—Lo que quieras —contestó.

Debía tener cuidado de no elegir una obra de un compositor judío, eso podía costarme la vida. Me decidí por una de las piezas del *Fantasiestücke*, de Schumann. No cerré los ojos ni un instante para no perderlo de vista, por si acaso.

Parecía inofensivo, inmóvil en la butaca. En su mano izquierda sostenía un vaso con algún licor. Movía la derecha con gracia para marcar los compases de la música, igual que cuando mandaba gente a la cámara de gas.

La música invadía el silencio de aquel ambiente tan ajeno a mi realidad, se escapaba por las ventanas y se diluía en la noche.

Cuando terminé mi ejecución, me dijo:
—El sonido de ese violín es superior.
—Es un Guarneri —contesté.
—Es magnífico. ¿Cómo llegó a tus manos?
—Mi padre me lo compró en París.
—¿Tu padre era músico?
—No, es médico.
—¿Dónde está?
—No lo sé.
—¿Y tu madre?
—Murió. Era pianista.

Tuve que contener mi furia para no gritarle: "¡Ustedes la mataron, a ella y es posible que a mi hermana y también a mi padre!". Sus preguntas me confundían, me atormentaban. ¿Qué clase de monstruo era ese hombre? Le divertía torturarme.

Traté de tranquilizarme e interpreté el *Andante* de la Sonata para violín número 2 en la menor, de Bach. Después pidió algo de Chopin, de Liszt y de Brahms. Al maldito le gustaban los románticos. De pronto, ordenó que volviera a cambiarme de ropa y que me fuera. Intenté llevarme mi violín, pero no me lo permitió. No se levantó de la butaca, no dijo una sola palabra más.

Temblaba cuando salí de allí. Sentía que iba a desmayarme en cualquier momento. Uno de los soldados apostados en la puerta, con el mismo semblante gélido de todos ellos, me condujo a empujones hasta el dormitorio de la orquesta. Alma estaba despierta, me pareció que al tanto de los motivos de mi ausencia. Noté su alivio a mi regreso. No me hizo preguntas ni comentario alguno. Algunas mujeres de la orquesta me miraron extrañadas cuando me vieron regresar sola a esa hora, nerviosa y pálida. Me avergonzaba lo que debían imaginar.

Yo misma no comprendía lo sucedido y me asombraba haber salido ilesa de las fauces del monstruo.

En algunas ocasiones los aviones de combate de los aliados volaban muy cerca sobre Auschwitz. Los edificios eran inmensos y se podían ver sin dificultad, pero sólo en una ocasión tiraron algunas bombas cerca de Monowitz, donde se encontraban las fábricas, y no causaron destrozos ni a un solo edificio. Las cámaras de gas, igual que los crematorios y las vías del tren estaban tan cerca que hubieran podido verlos a simple vista. Los prisioneros no entendían por qué no lo destruían todo. A ninguno de ellos le importaba morir si con eso desaparecía aquel horror.

Cuatro prisioneras lograron robar explosivos de la fábrica donde trabajaban y los entregaron a unos hombres del **Sonderkommando**, *quienes fabricaron una bomba rudimentaria. Explotaron el crematorio IV de Birkenau y la cámara de gas que estaba al lado. En el suceso murieron varios SS y los asesinatos cesaron durante unos días. Las mujeres fueron ajusticiadas ante el paredón, frente a todos los prisioneros, como escarmiento. A ellos también los mataron a tiros y arrastraron los cadáveres por las calles del campo.*

Entre los prisioneros corría el rumor: "Los nazis son invencibles, tienen un pacto con el diablo".

Dos o tres noches más tarde se repitió el incidente. La Mandel llegaba, me ordenaba que la siguiera, íbamos a las duchas para que yo me bañara y luego nos dirigíamos a la cabaña de Mengele. La túnica y mi violín estaban allí. Me cambiaba de ropa y tocaba para él, que permanecía mudo en su butaca, con un vaso en una mano y con la otra marcaba los compases.

En su cabaña tenía un fonógrafo y cientos de discos alineados en un orden perfecto, sin una partícula de polvo, en unos anaqueles preciosos de madera a juego con su escritorio y también había un piano vertical. Las paredes estaban pintadas de blanco hueso y en una de ellas destacaba un cuadro grande con un juramento: *"Yo, juro a Adolf Hitler, Führer y Canciller del Reich, fidelidad y valor. Prometo obediencia hasta la muerte, a ti y a los superiores por ti designados. Que Dios me ayude".* Y abajo: *"SS*

Waffen". En la pared contraria había un retrato de Hitler.

Pasadas varias semanas de la misma rutina, comenzó a ordenarme que dejara de tocar y que me sentara frente a él. Tenía una colección impresionante de música antigua de la que se vanagloriaba. Sin lugar a dudas, era exquisita y demostraba que su dueño poseía un conocimiento musical superior. Ponía música de Wagner, a quien adoraba. En una ocasión hizo una disertación sobre el *Gesamtkunstwerk*, la síntesis de todas las artes que el compositor plasmó en *El anillo del Nibelungo* y varias veces me hizo escuchar algunos fragmentos de la obra. Me aburría, era insoportable. Al verlo tan eufórico, me pregunté si se veía a sí mismo como a un Sigfrido, el héroe nacional nórdico, ídolo de Wagner.

—Los pueblos tienen que amar su música, porque es su esencia. Cuando escucho la música de Wagner, intuyo algo críptico, un mensaje que el compositor intenta transmitirnos como legado a través de sus melodías, para que alcancemos un nuevo orden mundial —sentenció muy serio.

También me contó arrobado que él y su amado *Führer* habían asistido al famoso Festival de Bayreuth, instaurado por Wagner hacía muchos años; que había sido amigo de Sigfrido, su hijo, que estuvo a cargo de la escenografía y la dirección orquestal del festival, hasta su muerte hacía poco. Tenía, además, una relación estrecha con Winifred, su viuda, que se había quedado al frente del festival. Decía, con orgullo, que era admiradora incondicional del *Führer* y seguidora del régimen alemán. Por la forma en que le brillaban los ojos al hablarme de ella, pensé que tal vez había algo más entre ellos.

"Si supiera que no resisto el cromatismo wagneriano", pensaba. No me atrevía a hablar. Sentada allí, como una muñeca de cuerda, muda, rígida, sin emociones, temía decir algo que le disgustara y que despertara al monstruo que lo habitaba. El silencio era mi mejor arma y, como le encantaba que lo escucharan, debe haber pensado que me interesaba mucho lo que decía. Seguía una regla autoimpuesta de aquel juego tan absurdo e incierto, en el que cualquier paso en falso podía costarme la vida.

En otra ocasión emprendió un monólogo sobre la

grandeza de Dante. En un alarde de su memoria prodigiosa, recitó párrafos completos de La divina comedia. En ese momento escuchábamos la Sonata Dante, compuesta por Liszt, suegro de Wagner. También gustaba de escuchar madrigales, basados en breves poemas líricos en los que Dante mezclaba el amor con la naturaleza.

Tuve que escuchar sus opiniones sobre los postulados de Goethe, de quien también era admirador ferviente, y sobre la relación estrecha entre la música y la arquitectura. "¿No te das cuenta de que los grandes monumentos históricos son pura música, muda, petrificada?", me preguntó. No supe qué contestarle. Sólo asentí con la cabeza, por no llevarle la contraria.

"Tiene dos personalidades", reflexionaba cuando lo escuchaba hablar. "Es culto, refinado, amante de la música, también es sádico, cruel... un asesino". Cualquiera que lo hubiera visto en la privacidad de su cabaña, tan humano, tan sensible, tan musical, no creería que era el mismo hombre que a diario se paseaba por el campo en su ordalía de muerte.

Sobre una mesita en la esquina del sofá, había una lámpara con una pantalla color beis claro, como en parches. En una ocasión me acerqué con disimulo para averiguar de qué estaba hecha y vi con horror los números tatuados. ¡Los parches eran de piel humana, de los prisioneros ajusticiados! Sin duda, un trofeo. Sentí una gran repulsión hacia aquel hombre.

Desde el primer momento que entré a su cabaña me di cuenta de que se sentía muy solo, me pareció que hasta infeliz. No comprendía por qué buscaba mi compañía, una judía "subhumana y sucia", como nos consideraban los nazis. "Por eso me manda a bañar cuando me llama a su cabaña, para que no vaya a contaminarlo", pensé.

Lo veía todos los días. Se paseaba con una bata blanca impecable sobre el uniforme de la SS. Pensaba en mi padre, también médico, de los que se dedican a salvar a sus pacientes. Mengele, por el contrario, era portador de la muerte. Me ignoraba, como si nunca me hubiera visto. Yo, a mi vez, pretendía ser invisible, a ver si se olvidaba de mí.

La Mandel me iba a buscar varias noches a la semana y

cada vez seguía la misma rutina. En ocasiones me comunicaba con antelación que Mengele quería que preparara alguna pieza para la próxima vez que fuera a su cabaña, como una tarde en que me entregó la partitura del *Rondó* de la Sonata en re mayor número 1, de Beethoven. Me extrañó que fuese una obra para piano y violín, pero practiqué la línea melódica que me correspondía.

Aquella noche, cuando nos acercábamos a la cabaña de Mengele, escuché una delicada melodía creo que de Chopin, que provenía del piano. Cuando la Mandel me hizo entrar, la música cesó. Él, como siempre, esperaba sentado en su butaca. Cuando mis ojos se acostumbraron a la escasa iluminación de la estancia, divisé a una mujer muy delgada sentada al piano. ¡Era mi hermana! Estaba demacrada y parecía mayor. Aún conservaba el semblante dulce con el que papá la describía. A pesar de todo, era notable la belleza de sus rasgos.

Nos miramos sin poder hablar. Sus ojos estaban infinitamente tristes. Quería abrazarla, decirle tantas cosas, pero era imposible. Ambas estábamos petrificadas, a punto de las lágrimas. Sentí una enorme alegría al saberla viva y supuse que ella también. Él nos contemplaba inmutable, primero a una, luego a la otra. Pude adivinar, por su semblante sarcástico y el brillo maligno de sus ojos, que la escena le divertía. ¿Cómo podía ser tan sádico?

Una alarma se encendió en mi mente, aquella noche no era como las anteriores. Algo denso, amenazante, flotaba en el ambiente, peor que la presencia de la muerte. Tuve una sensación inquietante de que algo extraño sucedía. ¿Qué hacía mi hermana allí? ¿Por qué Mengele la había hecho llamar a su cabaña? Tenía puesta la misma túnica blanca que él me hacía vestir. ¿Sería la primera vez o lo haría a menudo como conmigo? ¿Qué juego morboso se traía entre manos aquel hombre? Me sentí como una liebre cuando sabe que va a ser cazada y que no tiene escapatoria. Intenté mantener la calma y esperé por sus instrucciones. Temí que fuera a escuchar los latidos violentos de mi corazón. Deseé tomar a mi hermana de la mano, salir corriendo de allí hacia la libertad, las dos juntas, vivas. ¡Qué utopía!

Mengele señaló la túnica. Supe que debía ejecutar mi rutina: me cambié de ropa y preparé mi violín. Mi hermana permanecía impávida, desconcertada, tampoco entendía lo que sucedía. Le hizo una seña a Raquel para que tocara y, cuando comenzó, me di cuenta de que era el *Rondó* de Beethoven que también me había hecho preparar. "¿Un concierto interpretado por las dos hermanas?", me pregunté. Una sensación de peligro inminente me invadió.

—Tú también, toca. No dejes de hacerlo hasta que te lo ordene —dijo tajante, con un timbre de voz frío, cruel, diferente al de días anteriores, que me estremeció. Noté con inquietud que aquella noche estaba en bata.

Cerró los ojos, como si disfrutara de la música. Unos minutos más tarde, se levantó de su butaca y caminó decidido hacia mí. Me miró a los ojos, como si quisiera escrutar lo que yo sentía. Soltó los lazos de mis hombros y la túnica cayó al suelo. Quedé desnuda, de pie, en medio de la habitación. Sopesé mis posibilidades: si intentaba defenderme o huir, era capaz de matarme y también a Raquel; además, afuera siempre había dos guardias armados.

No quería mirarlo, estaba aterrorizada. Deseaba alejar el peligro, proteger a mi hermana. El fraseo de mi violín se convirtió en una melodía de timbres confusos, disonantes. Mi cuerpo temblaba, las manos me sudaban. Raquel observaba incrédula, aterrada, sin dejar de tocar. La miré e intenté decirle con los ojos que no fuera a hacer algo que lo violentara y fuera peor para ambas. Aunque nuestros instrumentos producían melodías, dejé de escuchar la música, como si hubiera caído en un vacío.

Hubo un largo silencio por parte de Mengele. No podía verlo, lo sabía muy cerca detrás de mí. Sentí en la nuca su respiración agitada, su lengua comenzó a deslizarse por mis hombros, por mi espalda, dejando en mi piel el rastro de su saliva, al mismo tiempo que apretaba mis senos con sus manos y pegaba su cuerpo al mío en un roce acompasado y urgente. Sus manos bajaron por mi abdomen, con lentitud pero con avidez y se me acercó aún más. Su desnudez me quemaba la piel.

Raquel continuó tocando, estaba muy confundida. La volví a mirar, a rogarle silente que no se acercara, pasara lo que pasara, que se quedara en el piano.

Mengele se detuvo, caminó hasta colocarse frente a mí y me atrajo con fuerza hacia él. Lo miré suplicante, sin atreverme a hablar, en un vano intento para que se detuviera. No movió ni un músculo del rostro, que parecía de piedra. Sus ojos penetrantes, fijos en los míos, destellaban algo que yo desconocía, una mezcla de odio y lujuria. El miedo me tenía paralizada. No fui capaz de gritar ni de llorar.

—¡Deja de tocar! —le gritó a Raquel. Ella obedeció y se quedó inmóvil sentada frente al piano, sin saber qué hacer.

Se dirigió al fonógrafo y puso un disco de Wagner. Yo continuaba inmóvil, temblorosa, de pie, desnuda, en medio de la habitación, sin atreverme a dejar de tocar. El violín emitía una melodía inconexa, atónica.

—Tú también, ¡basta! —dijo y se acercó otra vez. Me arrebató el violín y lo tiró sobre una butaca.

Me tumbó sobre el diván, abrió mis piernas, se echó sobre mí y me embistió con fuerza reiteradas veces, con bríos de conquistador, como el amo indiscutible con todos los derechos sobre la esclava. Sus manos aprisionaban con fuerza las mías, para que no pudiera moverme. El vaho de su aliento jadeante quemaba mi mejilla y el cuello. Me desgarraba por dentro. Un asco infinito me invadía. De fondo, la música de *El crepúsculo de los dioses*, como una oda a mi propia decadencia.

No opuse resistencia, no tenía la superioridad de su fuerza ni de su crueldad y de ninguna manera podría ganarle. Estuve inmóvil, muda, mi espíritu ausente de mi cuerpo, con los ojos fijos en el techo, hasta que hubo terminado y se levantó con brusquedad. Miré a mi hermana, que había bajado la cabeza y lloraba.

—*Raus, raus!* ¡Fuera, fuera! —me gritó, con la cara enrojecida, desnudo, saciado, jadeante, parado en medio de la estancia. Pensé que iba a golpearme o tal vez a matarme. En su voz áspera había desprecio y odio, pero no más que el que yo sentía por él. Me levanté con torpeza, presa del dolor y la rabia, me vestí de prisa e intenté dirigirme hacia donde estaba mi hermana. Mengele se interpuso enfurecido entre las dos y volvió a gritarme:

—¿No entiendes, eres bruta? *Raus!*

Me agarró por un brazo y me empujó con fuerza hacia la puerta. Perdí el equilibrio y caí al piso. Miré a Raquel con impotencia, no quería dejarla allí. Ella hizo un gesto con la cabeza, con lágrimas en los ojos. Sin emitir sonido alguno, movió los labios y me dijo:

—Vete, por favor.

—Y tú, ramera, tú te quedas conmigo. ¡Eres mi favorita! —le gritó a mi hermana. Se paró a su lado, la agarró de un brazo, la atrajo hacia él y me miró desafiante, con el rostro enrojecido por la ira, exhibiendo su desnudez. Raquel me miraba con los ojos desorbitados.

Lloraba cuando salí de la cabaña. El soldado me miró con sorna y me llevó a empujones de regreso a la barraca de la orquesta. A medida que nos alejábamos de allí, poco a poco se desvanecía el sonido estridente de la música de Wagner. No podía olvidar lo que había sucedido ni la imagen de mi hermana, vencida y atrapada en las garras de ese monstruo.

En Auschwitz habían asesinado a mi familia, me habían sometido a los vejámenes más terribles y ahora ese hombre se permitía robarme el último reducto de mi integridad y usarme para su disfrute como si yo fuera un burdo objeto desechable, sin valor alguno. Y, además, también abusaba de mi hermana. ¡Cuánto lo odiaba! A él y a los suyos.

Aquella noche la luna estaba ausente y parte de mí había muerto.

Como siempre, Alma me esperaba. No se acostaba hasta asegurarse de que yo hubiera regresado. Se inquietó al verme llegar tan descompuesta y llorosa.

—¿Qué pasó, Leah?

—Nada —contesté evasiva, con la voz entrecortada. Temblaba, casi no podía hablar. Estaba avergonzada por lo que había sucedido. Me miró las piernas, por las que bajaba la sangre. Extendió sus brazos para abrazarme y comencé a llorar sin consuelo. Algunas mujeres de la orquesta presenciaron la escena, pero no hicieron comentarios. Nadie tenía dudas de adónde me llevaba la Mandel por las noches.

Alma me llevó aparte. Como un torrente, en medio de un llanto incontenible, le conté todo lo que había sucedido y que Raquel se había quedado allí. Me espantaba que Mengele también le hiciera lo mismo o que fuera a asesinarla. ¡Qué sucia me sentía! Quería arrancarme la piel, evaporar su olor, me quemaba su saliva pegajosa, su semen dentro de mí, la sangre coagulada. Esa noche no pude asearme, ir sola a las duchas no estaba permitido. No podía apartar de mi mente la sensación de sus embestidas, la humillación que había sufrido en presencia de mi hermana. Mi corazón latía arrítmico, me atormentaba el recuerdo de Raquel, tan indefensa, bajo el dominio de Mengele.

Cada noche esperaba aterrorizada que llegara la Mandel a buscarme. El más mínimo ruido me estremecía. Tenía pesadillas constantes y apenas podía dormir. Planifiqué matar a Mengele, torturarlo, vengarme. Luego reconocía con rabia que todo eso era imposible. Nunca más requirió mi presencia.

Intenté con desesperación tener noticias de mi hermana, hasta que una semana más tarde Ilse me avisó que la habían llevado a la enfermería y que estaba muy grave, con los huesos que parecían salírsele de la piel y hematomas en la cara y el cuerpo. No me permitieron verla, a pesar de mis súplicas y de las gestiones de Alma. Al día siguiente, un nuevo mensaje de Ilse me informó que había fallecido. Estábamos seguras de que la habían apaleado con saña.

Una y otra vez me reprochaba mi cobardía por no haberme enfrentado a Mengele, por no haber defendido a mi hermana, sin importar el precio. Todo hubiera sido preferible a su sufrimiento y muerte tan atroz, a mi soledad, a la culpabilidad que sentía por estar viva. Le había fallado a mi hermana. Lo que nos sucedía era inhumano, cruel. ¿Qué habíamos hecho para merecer ese martirio? Despojada de todo, mi vida no tenía sentido. Me había quedado sola. Las palabras de papá resonaban en mi cabeza: "Eres la más fuerte, tienes que sobrevivir". No era cierto, ni era fuerte ni quería serlo. Yo también quería morir.

Esa noche consideré suicidarme. Alma debió intuirlo

porque se sentó a mi lado en mi camastro y me dijo persuasiva, con cariño:

—Leah, todo esto terminará muy pronto. Tenemos que resistir un poco más, cada día debemos intentar llegar a mañana. Tu vida vale más que la de todos ellos, no lo olvides.

—¿Por qué Mengele llevó a mi hermana a su cabaña? No entiendo... ¿Cuál era su juego, Alma?

—¿Me dijiste que te gritó que Raquel era su favorita? ¿Estás segura de que eso fue lo que dijo?

—Sí —contesté.

—Desde aquella noche en que me contaste lo que sucedió, he pensado mucho en eso y creo que, como ha hecho otras veces con los rituales e imágenes judías, Mengele buscó una forma de burlarse del patriarca Jacob. ¿Recuerdas la historia de Leah y Raquel en el Génesis? La Leah de la Biblia fue la madre de Judá, el tronco de donde salieron seis de las doce tribus de Israel, entre ellas la de David, de la que descendió Jesús. Raquel significa oveja en hebreo, la débil, la sumisa. Tal vez ideó todo eso para degenerar la historia bíblica. Tú y tu hermana tienen los mismos nombres de las esposas de Jacob, cuya favorita fue Raquel. Eso fue lo que me hizo elaborar esa teoría. Parece una locura, pero de Mengele se puede esperar cualquier atrocidad.

—Ese hombre es un sádico. Es tan aberrante... Mengele está loco.

—Así es, Leah. Todos ellos lo están y el odio los ciega. Pagarán por lo que nos han hecho. Mejor es no pensar en eso. Nosotros somos mejores que ellos y merecemos vivir.

Unas semanas más tarde, las náuseas me confirmaron lo que tanto temía. Deprimida, sola, creí enloquecer. Como la Leah de la Biblia, tendría descendencia, no de un patriarca sino de un monstruo. Podía significar una sentencia de muerte para mí. Le conté a Alma lo que me pasaba, antes de que mi figura fuera a delatarme. Enseguida me consiguió un uniforme más holgado.

Mengele se refería a las judías como "las rameras". En los interrogatorios solía preguntarles detalles íntimos de su vida sexual.

Cuando llegaban los trenes, reunía a las mujeres y preguntaba quiénes estaban embarazadas. A veces dejaba parir a alguna para asesinar al hijo en su presencia y a ella le permitía vivir; o daba la orden de que fueran juntos a la cámara de gas; o mataba a la madre y se quedaba con el bebé para hacer experimentos. Nunca se sabía lo que podía suceder.

Las boklovas, *las guardianas, las doctoras y las enfermeras estaban obligadas a darle cada mes las listas de las embarazadas, a informarle sobre los nuevos casos y a denunciar a las que llegaran así. También ocurrían muchas violaciones en el campo, a pesar de la orden que tenían los soldados de no tocar a las judías para no "contaminarse". Las mujeres lo ocultaban porque podría significar la muerte de ellas y de sus bebés.*

En la complicidad de la madrugada, algunas doctoras y enfermeras prisioneras realizaban abortos en las barracas. Primero le metían a la mujer un paño en la boca para que no gritara y entre varias la sujetaban. Le rompían la membrana para provocarle el parto. Si la criatura nacía aún viva, la ahogaban en un cubo con agua. De todas maneras, los niños no tenían posibilidades de sobrevivir en aquellas condiciones infrahumanas. Era un acto cruel, pero necesario. Al menos la madre se salvaba, salía a trabajar al día siguiente y los nazis no se enteraban de lo sucedido.

Cuando Mengele supo lo que pasaba a sus espaldas, haría desfilar ante él a todas las mujeres desnudas. Era una escena dantesca, surrealista, verlas con el uniforme en la mano y la cabeza rapada, sometidas al escrutinio del todopoderoso.

A alguna siempre la delataba el bulto del vientre.

Rechazaba ese fruto de la maldad que germinaba dentro de mí. Cuando comencé a sentir los movimientos de la criatura, me preguntaba si lo dejarían vivir y si alguna vez llegaría a sentir amor por ese hijo.

¡Cuánto necesité a mi madre en esos meses! En medio de mi espantosa soledad, fantaseaba con la idea de que las circunstancias hubieran sido otras: que Auschwitz fuera sólo una pesadilla, que mis padres y mi hermana estuvieran vivos y a mi lado, que el padre de mi hijo fuera otro y que estuviéramos enamorados. La realidad cruel e innegable se imponía y yo enloquecía por días.

Mengele pasaba horas inclinado sobre el microscopio, en busca de la clave genética para producir una raza superior y lograr partos múltiples. Todos conocían su fascinación por los gemelos y por los enanos. Cuando llegaban los trenes, exigía a los del **Sonderkommando** *que preguntaran a los prisioneros si había gemelos y que les prometieran trato preferencial. Los padres mandaban entonces a los niños a acercársele y le decían: "Wir sind zwillinge!" (Somos gemelos). Mengele, con una sonrisa, les acariciaba la cabeza con suavidad, les decía palabras amables y se hacía cargo de ellos.*

Si algún bebé rubio y de ojos claros llegaba al campo o nacía allí, lo aislaba para "germanizarlo". A los de cabello y ojos oscuros, casi siempre los mandaba matar enseguida. Si le venía bien, les inyectaba los ojos para ver si lograba cambiarles el color o hacía experimentos con ellos, para luego asesinarlos.

A los enanos los enviaba a una barraca especial, aparte de los demás prisioneros. En una ocasión llegó una familia de siete, proveniente de un circo de Ucrania. Mengele estaba fascinado, hizo experimentos con cada uno de ellos, hasta que los mató a todos.

Entre las mujeres de la orquesta ninguna sabía cómo provocar un aborto. Traté de hablar con Ilse para que me ayudara. No fue posible porque ninguna prisionera ajena al grupo podía ir a nuestro dormitorio y el procedimiento debía realizarse durante la madrugada para que los nazis no se enteraran.

"De todas formas no debo encariñarme con este hijo. Lo asesinarán como hacen con casi todos los niños o lo alejarán de mí. Además, va a ser como el padre, que es un engendro del mal", pensaba una y otra vez.

Como siempre tocaba sentada, podía disimular mi estado. En aquel tiempo creí que no me mataron cuando no pude ocultar el embarazo porque Alma me protegía. Cuando se presentaron las primeras contracciones, le pidió —casi ordenó— a la *boklova* que me llevara a la enfermería, porque a ella no le permitían acompañarme. Ese debía ser el momento más feliz en la vida de una mujer y yo sólo quería morirme.

Alertada por Alma, Ilse se las arregló para que me trasladaran al hospital, pues el parto se complicaba. Me horroricé cuando di a luz gemelos. No eran idénticos: uno de cabello oscuro, ojos juntos y pardos; el otro con el cabello castaño claro y los ojos azules. "El monstruo va a celebrar", pensé. Apenas me permitieron verlos un momento y de inmediato avisaron a Mengele, que poco después entró entusiasmado en la sala para verlos, los primeros que nacían en Auschwitz. Lo oí decir:

—¡Por fin nacieron gemelos en este sitio!

Estoy segura de que sabía que yo era la madre, pero no demostró que me conociera. Me miró y dijo en voz alta, con un dejo de desprecio:

—Es increíble que estas criaturas tan perfectas sean hijos de una judía inmunda.

Comprendí que me había dejado vivir hasta ese momento para culminar su plan de torturarme y temí por los bebés. La Mandel estaba presente, me miró con sorna y poco faltó para que soltara una carcajada.

Mengele ordenó que se llevaran los niños. No puedo decir que me importara. Además de estar atontada, sentía vergüenza y horror. ¿En qué me había convertido que no quería a mis hijos? Desde muy niña había soñado ilusionada con el día en que me convirtiera en madre y ahora todo era distinto. ¿Es que mi odio por Mengele podía más que el supuesto amor maternal que debía sentir toda mujer? Horas más tarde me enviaron de regreso a la barraca. Caminé hasta allí como una autómata, sorprendida de estar aún con vida.

Continué en la orquesta, pero mi ejecución se tornó mecánica, insensible, igual que yo. Mi mundo sonoro se había convertido en un recitativo sordo, cada vez más aterrador. Pulsaba las cuerdas del violín, no sentía lo mismo, no oía la música. Un vacío desgarrador me habitaba.

Ilse averiguó que Mengele estaba entusiasmado con sus hijos. Tenía una enfermera alemana encargada de cuidarlos y las cunas estaban en una habitación al lado del laboratorio, donde podía vigilarlos de cerca.

Hacía días que notábamos movimientos poco usuales en los soldados; estaban nerviosos, ajenos a su rutina. Se rumoraba que los nazis estaban próximos a perder la guerra. Nos parecía increíble porque habíamos llegado a creer que eran invencibles. La tensión en el campo era insoportable. Una mañana llegó un cargamento enorme de prisioneros provenientes de Polonia, del gueto de Lodz. Casi en su totalidad fueron enviados a las cámaras de gas. Los crematorios estuvieron funcionando a toda capacidad por varios días y el hedor invadía todo el campo.

Poco después, la orquesta de mujeres fue disuelta y nos regresaron a las barracas comunes, junto con las demás prisioneras del campo. Oímos que pronto trasladarían un gran número de mujeres al campo de Bergen Belsen. Días antes de partir, Alma enfermó de gravedad. Mengele dio la orden de que la llevaran al hospital, donde murió dos días más tarde a consecuencia de una infección intestinal. En realidad nunca se supo cuál fue la causa, algunos dijeron que la habían envenenado.

Las integrantes de la orquesta improvisamos un funeral. Interpreté en su honor una de las partes del *Ein deutsches requiem*, de Brahms. Hasta ese momento, Alma nos había salvado de la muerte y nos sentíamos en deuda con ella. La Mandel estuvo presente en el funeral y tres días más tarde desapareció, al igual que muchas de las *boklovas* y guardianas, entre ellas Irma Grese. Habían huido ante la inminencia de la derrota.

Las cámaras de gas funcionaban frenéticas. Las chimeneas de los crematorios despedían un humo maloliente día y noche. Parecía que iban a asesinar a todos los prisioneros. La exigua comida que nos daban se había reducido aún más. Mengele dejó de exhibirse por el campo. Decían que estaba recluido en su laboratorio.

Le pedí a Ilse que averiguara cómo estaban los gemelos y si habría alguna posibilidad de verlos al menos una vez antes de que me asesinaran o de llevármelos si me enviaban a otro sitio. Me sentía como un monstruo, necesitaba saber si algo de ternura o de amor se despertaba en mí, quería buscar en sus rasgos a quién se parecían, convencerme de que eran mis hijos, hacerme cargo de ellos, si fuera posible. A Ilse le informaron que uno había muerto, no pudo averiguar cuál. El otro continuaba bajo la custodia estricta de Mengele, que no dejaba que se le acercaran. Fue imposible siquiera verlo.

Al día siguiente partimos hacia Alemania en un tren maloliente, sin asientos, con las ventanas tapiadas con listones de madera, parecido al que nos llevó a Auschwitz. Ilse sobornó a un *kapo* con unas medicinas para colarse en el vagón donde yo iría. Nos fundimos en un abrazo cuando subió, de nuevo estábamos juntas. Cuando comenzábamos a alejarnos, vimos con sorpresa por entre las rendijas que los portones de la entrada estaban abiertos y que una gran masa de prisioneros salía del campo. Los soldados los empujaban con las culatas de sus armas y gritaban frenéticos. El frío era atroz, había nevado y el camino estaba blanco. Aquellos espectros desnutridos, con hambre, de paso tembloroso, débiles, sin la ropa adecuada y muchos de ellos descalzos, no resistirían. Era una sentencia de muerte.

Las enormes columnas de humo de los crematorios se esparcían por el cielo. Escuchábamos las explosiones que provenían de todos los campos de Auschwitz. Los nazis intentaban borrar todo rastro de sus acciones. Algo extraño sucedía, los dioses autoproclamados se desbandaban, no eran invencibles como nos habían hecho creer. "Tendrán que matarnos a todos. Los que vamos en este tren también somos testigos, víctimas de sus horrores, alguien sobrevivirá y contará lo que ocurrió", pensé.

El viaje duró dos días, de nuevo sin agua ni comida, con las ventanas tapiadas y con sólo un cubo para recoger nuestros desperdicios. En el vagón donde viajábamos murieron trece mujeres. Llegamos a Bergen Belsen al borde del colapso. Ya no formábamos parte de la orquesta ni teníamos aquellos nimios privilegios que nos habían ayudado a sobrevivir en Auschwitz. Los piojos y las pulgas nos invadieron, los guardias no nos permitían salir de las barracas y apenas nos daban agua y comida. El hacinamiento era terrible, la mayoría de los prisioneros sufría de gastroenteritis, las letrinas se habían desbordado y muchos no tenían ni fuerzas para levantarse del camastro. El hedor resultaba insoportable, nos provocaba náuseas y vómitos.

Cientos morían a diario por el hambre, las enfermedades

y, sobre todo, por el tifus que era epidémico. Estábamos embotados, embrutecidos, como ajenos a lo que nos sucedía. Inmóviles, no pensábamos, no podíamos razonar, sólo esperar la muerte con la mirada fija en el vacío.

Una mañana de abril escuchamos gritos de gente que corría de un lado a otro y ruido estridente de tanques. La debilidad no nos permitía asomarnos para ver qué sucedía. Entonces una mujer abrió la puerta de nuestra barraca y dijo:

—Se acabó la guerra, se acabó la guerra. ¡Somos libres, libres!

Los ingleses entraban a Bergen Belsen y los soldados nazis se rendían sin oponer resistencia. Días más tarde, encontraron cargas de dinamita diseminadas por el campo. Los nazis confesaron que el día de la liberación, iban a cumplir la orden que habían recibido de destruirlo todo, prisioneros incluidos. De nuevo habíamos burlado a la muerte.

A un extremo del campo descubrieron más de diez mil cadáveres desnudos y putrefactos, adultos y niños apilados unos sobre otros, que los nazis no habían tenido tiempo de desaparecer. Nunca olvidaré las nubes de moscas que volaban sobre ellos. Eran tantos y cada día los cuerpos se descomponían más, que usaron unas máquinas excavadoras inmensas y los enterraron en fosas comunes. El hedor a muerte quedó rondando en el ambiente.

Para nuestra sorpresa, nos enteramos que el traslado a Bergen Belsen de las integrantes de la orquesta había sido ordenado por María Mandel antes de irse de Auschwitz. Nos alejó de allí porque sabía que se proponían matar a todos los prisioneros y con esa última acción nos salvó la vida a casi todas. ¿Un rastro de humanidad? ¿Remordimiento? Jamás sabríamos la respuesta.

Estábamos en los huesos, teníamos hambre. Los soldados ingleses no podían creer lo que nos había sucedido y se horrorizaban con los relatos que les hacíamos. Ante tanta gente desnutrida y enferma, con su mejor voluntad, se les ocurrió darnos carne enlatada, pan y chocolate en barras. Los prisioneros se atragantaban la comida con desesperación. Ilse nos advirtió:

—No coman eso, nuestros estómagos no lo van a tolerar. Mastiquen porciones pequeñas, lento, muy lento, tomen sorbitos de agua.

Muy pocos le hicieron caso y enseguida comenzaron a tener terribles dolores estomacales con diarreas incontenibles y cientos murieron. De todas formas, yo no podía comer, me había acostumbrado a tener hambre y apenas me quedaba ánimo para moverme. Creo que por eso me salvé.

Los soldados ingleses fueron amables, nos trataban como seres humanos, con dignidad y respeto, nos ayudaban a levantarnos y a caminar. Por primera vez en mucho tiempo alguien en uniforme no representaba una amenaza, no nos empujaba ni nos gritaba. Pronto establecieron un hospital y llegaron decenas de médicos y enfermeras con equipos y medicinas.

Comenzamos a bañarnos todos los días, trajeron ropas y zapatos del almacén de Bergen Belsen y pudimos vestir algo que no fuera el uniforme de prisionera. Nos instalaron en parte de los dormitorios de los nazis, que estaban inmaculados, cómodos, con camas limpias, sábanas y mantas. Prendieron fuego a las barracas inmundas para acabar con la epidemia de tifus que amenazaba la vida de todos. Presenciamos el espectáculo con incredulidad. Los que habíamos logrado sobrevivir hasta ese momento, estábamos tan débiles que no teníamos fuerzas siquiera para celebrar.

La limpieza, el orden y la ausencia de malos olores nos resultaron extraños. Tuvimos que aprender de nuevo a usar el jabón y el cepillo de dientes, a dormir en una cama, a usar ropa interior, a cambiarnos de ropa, a comer, a usar los cubiertos, a expresar nuestras ideas con libertad, a reír. Nos sentíamos ajenas a esas rutinas tan normales y cotidianas para cualquier ser humano.

En los próximos días, comenzaron a llegar miles de refugiados de otros sitios. Los ingleses recogían los muertos y a los que encontraban vagando sin rumbo en las carreteras, resultado de la "marcha de la muerte" que habían obligado a emprender a los prisioneros en todos los campos. Obligaban a los nazis a cargar los cadáveres y cremarlos. "Una dulce venganza. Ahora no tienen a los *kapos* para hacerles el trabajo sucio", pensé.

Cuando me dijeron que era libre, mi primera reacción fue irme lo más lejos posible, pero decidí volver a Auschwitz tan pronto me sintiera un poco más fuerte. Tenía la esperanza de que me ayudaran a encontrar a papá, si aún estaba vivo, y quería recuperar a mi hijo. Necesitaba poner a prueba mis sentimientos y comprobar si algo había quedado en mí que los nazis no me hubieran arrebatado.

Me horroricé cuando me encontré con mi imagen famélica reflejada en un espejo. Las arrugas eran evidentes en mi rostro, los ojos opacos atrapados en dos cuencas oscuras, el cabello ralo, reseco y sin vida, la piel cetrina, la espalda encorvada. Aquella mujer no podía ser yo. ¿Dónde estaba la Leah que yo conocía? No sólo por dentro había cambiado, tenía el aspecto de una anciana cadavérica y apenas tenía 23 años.

En Auschwitz, como en la mayoría de los campos de concentración, los SS obligaron a los prisioneros a emprender la "marcha de la muerte" para desalojarlos. Intentaron borrar sus atrocidades: muchos crematorios, cámaras de gas y calabozos fueron incendiados o destruidos.

Débiles en extremo, sin abrigos, agua ni comida, en medio de una helada, la mayoría no resistió. A fines de enero de 1945, cuando los soviéticos entraron a Auschwitz, se toparon con miles de cadáveres en el campo, en las carreteras y en los prados cercanos. Dentro de los vagones del tren que estaba estacionado en el andén, encontraron miles de cuerpos amontonados unos sobre otros, muertos por asfixia. En su huída, los nazis no les abrieron las puertas, no se supo si a propósito o por olvido.

Los soldados soviéticos cometieron, a su vez, muchas atrocidades: violaciones, asesinatos y saqueos, en Auschwitz y en los alrededores. Un contingente de las Naciones Unidas, junto a las fuerzas aliadas, llegó algún tiempo después. Algunos campos de concentración fueron convertidos en hospitales y en campos de refugiados. Comenzó la labor de rehabilitación física y mental de las víctimas y la reunificación de las familias, que tomaría años.

Destrozadas anímicamente y todavía débiles, Ilse y yo emprendimos el regreso a Auschwitz unas semanas más tarde. A pesar de que los ingleses trataron de disuadirnos, estábamos tan decididas que nos consiguieron boletos para trasladarnos a Praga en un tren para pasajeros. Nos dieron algunos alimentos para el viaje e hicieron una colecta para que tuviéramos algún dinero, lo que nos hizo recobrar un poco la fe en la humanidad. Lo que nos esperaba no sería fácil, todavía tendríamos que atravesar Alemania para llegar a Polonia y los tiempos eran caóticos.

El tren iba repleto. Nos llamaba la atención la limpieza de los vagones. Viajaba muy lento e hizo varias paradas. Cuando llegamos a Pilsen, en Checoslovaquia, decidimos bajar un rato al andén. La libertad de hacer lo que quisiéramos nos resultaba extraña. Nuestro aspecto desnutrido debe haber llamado la atención, pues la gente nos preguntaba de dónde veníamos y qué significaba ese tatuaje en el brazo. Cuando les contestábamos que habíamos estado en un campo de concentración, no entendían de qué les hablábamos y hasta llegaron a preguntarnos por qué no nos habíamos quedado allí. Un hombre nos dijo con desprecio:

—Regresen allá, aquí no queremos judíos, no los necesitamos.

Ilse y yo regresamos de prisa al tren, al borde de las lágrimas. ¿De verdad éramos libres o seguíamos presas del odio y de la incomprensión? No hablamos en el trayecto, no sé si por la indignación o por la tristeza.

Cuando el tren llegó a la próxima estación, alguien se asomó a nuestro vagón y gritó la noticia: "¡Hitler se suicidó, se suicidó!". La gente reaccionó en un murmullo. Ilse y yo nos miramos incrédulas, no nos atrevíamos a expresar nuestro júbilo pues sabíamos que muchos nazis podrían ir en el tren. "Después de todo, no era invencible", pensamos.

En Praga debíamos cambiar de tren para llegar a Cracovia. La transportación disponible era escasa y nos dimos cuenta de que el dinero de la colecta de los ingleses no nos alcanzaría para el viaje. Estuvimos dos días en la estación, casi sin comer ni tomar agua. Al fin, en medio de la confusión, logramos burlar a las autoridades y nos metimos en un tren que iba a Polonia. El hombre que pedía los boletos se dio cuenta del estado lamentable en que nos encontrábamos y se hizo el desentendido. Así llegamos a Cracovia.

El camino hasta Auschwitz fue aún peor. Tuvimos que recorrer a pie todo el trayecto. Las carreteras estaban intransitables y todavía se producían bombardeos ocasionales. Escuchábamos disparos a lo lejos; era difícil determinar a qué distancia ni quién los originaba. A los lados del camino nos encontramos con montones de cadáveres y con gente muy débil, de expresión neutra en el rostro, que arrastraba los pies con torpeza para dirigirse a ningún lado, como una película de terror.

Algunos convoyes militares transitaban por la carretera. Cuando oíamos el ruido de los motores, corríamos a escondernos. A veces nos internábamos campo traviesa para evitar los caminos, lo que tampoco era seguro porque muchos nazis estaban escondidos y mataban a los judíos que se encontraran. También podía haber partisanos, de la resistencia, que disparaban a todo lo que se moviera.

Continuamos nuestra marcha, aún con la incertidumbre de no saber dónde estábamos y cuánto nos faltaba para llegar. No había a quién preguntarle. En aquel momento todos nos parecían enemigos. Los campesinos nos rechazaban, nos cerraban la puerta en la cara. No podíamos creer que les produjéramos miedo o que perdurara ese odio inexplicable. Cuando nos decían "fuera, judíos", me preguntaba si sabrían que Hitler había muerto y de la derrota de los nazis. La secuela de maldad continuaba. Sólo en dos ocasiones nos acogieron con generosidad y compartieron sus escasos alimentos con nosotras.

Desde que salimos de Bergen Belsen, nos tomó dos semanas llegar a Auschwitz, ya ocupado por los aliados. El campo estaba irreconocible, mucho más limpio y ordenado. Lo habían convertido en un gran hospital para atender a los prisioneros que encontraron allí o en las carreteras y que estaban demasiado débiles para trasladarlos a otros sitios. Parecían espectros, en los huesos, sin músculos, deformes por la desnutrición, con la piel apergaminada y llena de úlceras. Fantasmas salidos de un cuadro de horror, igual que Ilse y yo.

Los prisioneros estaban desesperados por saber del paradero de sus familiares. Las autoridades anotaban los datos para tratar de ayudarlos y reunificar las familias, una labor casi imposible dentro de aquel caos. No quedaban niños en Auschwitz. Contrario a los nazis, para quienes los niños eran desechables, los aliados les habían dado prioridad y a muchos los habían ubicados con familiares sobrevivientes, con familias de acogida, o en orfanatos, en espera de ser adoptados.

Como los nazis tenían la costumbre de documentar sus acciones, el nacimiento de mis hijos aparecía registrado con la fecha, como los únicos gemelos que nacieron en el campo, así como la muerte de uno de ellos. Del sobreviviente no había rastro. Me informaron que, con toda seguridad, también había fallecido, pero que no tenían constancia por haberse producido en los últimos días del dominio de los nazis. En medio de aquel caos e incertidumbre, los documentos se perdían y las imprecisiones eran frecuentes.

Nos contaron que Mengele escapó una noche, poco después de nuestro traslado a Bergen Belsen. Nadie sabía dónde se encontraba. Mi violín y mi hijo también habían desaparecido. En mi cabeza rondaba insistente la posibilidad de que se hubiera llevado al niño para criarlo como un ario.

Después de mucho buscar, me informaron que en las listas aparecía el nombre de papá, con la anotación de que había sido enviado al campo de Dachau, en Alemania. La esperanza de encontrarlo vivo me produjo alegría. Meses más tarde me confirmaron su muerte.

Mi estadía de dos años y medio en Auschwitz representaba siglos para mi espíritu. Tendría que enterrar mi fallido amor de madre junto con el dolor de haber perdido toda mi familia y de comprobar que muy poco quedaba de mí misma. Me urgía comenzar de nuevo. Ni Ilse ni yo queríamos regresar a Alemania, donde habría muchos colaboradores de los nazis. No podíamos imaginar nuestra reacción si nos encontrábamos en la calle o en una tienda con algunos guardias de Auschwitz, cuyos rostros jamás olvidaríamos. Además, ¿dónde estarían los que proclamaban su odio a los judíos, los que habían pintado letreros, los que habían apaleado a los nuestros y aplaudido a los nazis? Impunes, libres, nadie les pediría cuentas.

Tampoco tenía las fuerzas para regresar a Bremen, no soportaba la idea de encontrarme con nuestra casa, sin mis padres ni mi hermana. Era un capítulo de mi vida que tendría que dejar atrás. Alemania era mi patria, pero nunca volvería. Ya no era la Leah de antes, me habían convertido a la fuerza en otra persona, en alguien que no me gustaba.

Nos dieron tratamiento médico durante una semana. Queríamos irnos, no soportábamos aquel sitio espantoso lleno de recuerdos. Pedimos que nos enviaran a París en los transportes asignados para el traslado de los prisioneros. Todos los días llegaban refugiados de todas partes y los mismos trenes salían con los que irían hacia diferentes ciudades de Europa.

El tren en que hicimos el viaje estaba limpio, con asientos, las ventanas abiertas y un sanitario. El vagón iba repleto de despojos humanos, apenas se escuchaba un murmullo de voces. Cargábamos con la culpa de continuar vivos, un dolor lacerante que nos acompañaría para siempre. Éramos libres, pero nadie hablaba en voz alta, nadie se atrevía a reír, la soledad colectiva resultaba avasalladora y el olor a infierno flotaba entre nosotros, lo llevábamos impregnado en el alma. Todavía teníamos pegada en la piel la sensación de la ceniza de los muertos, de nuestros propios muertos. Parecía que la felicidad estaría proscrita para nosotros.

Cuando nos alejábamos de la campiña polaca, cerré los ojos. La libertad y la belleza del paisaje herían mis retinas. Afloró a mi mente la imagen de la sala de nuestra casa de Bremen. Raquel, con un hermoso traje verde, estaba sentada al piano y yo, a su lado, me disponía a acompañarla con mi violín. Nuestros padres observaban desde un extremo de la habitación. Comenzamos a tocar, pero la escena transcurría en un absoluto silencio. Me desesperaba porque no podía oír la música. Poco a poco comencé a escuchar un fraseo melódico lejano, una melodía de timbres confusos, primero muy tenue, luego más fuerte, imparable… *La meditación de Thaïs*. Tanto me gustaba, que Raquel me la adjudicaba como *La meditación de*

Leah.

Los latidos de mi corazón eran cada vez más intensos, a ritmo de percusiones, como un *allegro* a contratiempo. Raquel se paró del piano y se colocó al lado de mamá y papá. Los tres me miraban. Yo continuaba tocando mi Guarneri. Sus figuras se fueron desdibujando hasta desaparecer. La música se desvaneció muy lenta con la brisa que rozaba mi cara.

Abrí los ojos y miré el hermoso paisaje. Una agradable sensación de paz me invadió. Y escuché una voz que me dijo:

"¡Leah, estás viva! ¡La música ha regresado a tu vida!".

Cuarto movimiento — *Adagio*

Alex tomó el documento que Mariana le extendía y lo sostuvo entre sus manos durante un rato, como si vacilara en leerlo. Al fin sabría la verdad, su temida verdad. "Recién nacido varón, se estima de cinco meses de edad, nacido en el campo de Auschwitz, Polonia, de padres desconocidos, presuntamente fallecidos. Padres adoptivos: Henry y Amalia York, residentes en Washington D.C., Estados Unidos de América". La adopción, efectuada en Munich, había sido registrada en el Departamento de Estado de Estados Unidos en mayo de 1945.

Nora lo observaba con tristeza. "Los niños de la guerra… cuarenta años más tarde todavía se sienten los estragos de aquella catástrofe, pobre hombre", pensó. Con discreción, salió de la oficina para ir a preparar tres tazas de té. Ella también necesitaba una.

El rostro de Alex reflejaba la angustia que no lo había abandonado desde que vio por primera vez aquel otro documento descubierto en casa de sus padres. Tenía los ojos nublados por las lágrimas.

Irrumpieron en su mente escenas de su niñez junto a sus padres: la primera bicicleta y las advertencias para que tuviera cuidado; el día que comenzó a estudiar música, el piano vertical y luego el de cola que le regalaron de sorpresa cuando cumplió trece años; la paciencia con la que lo esperaban en las clases de música; el primer concierto que ofreció; cuando ganó la competencia Van Cliburn y la felicidad que sintió cuando los vio sentados en primera fila, radiantes, henchidos de orgullo; la dulzura y comprensión de su madre, confidente y amiga en los primeros romances; lo contentos que estaban cuando se casó con Mariana y luego la tristeza por el divorcio; los consejos sabios, el amor infinito que le prodigaron.

¿Cómo hubiera podido sospechar que no eran sus verdaderos padres? ¿Por qué no se lo habían dicho? "Ahora que lo sé, cuánto me gustaría que estuvieran vivos para agradecerles lo que hicieron por mí. Los hubiera querido igual, tal vez más", pensó.

—Soy yo… soy yo… lo sabía —dijo abatido, en un susurro. Mariana le acariciaba las manos.

Nora regresaba con el té y se sentó frente a ellos.

—Necesito saber toda la verdad, Nora. ¿Qué más podemos hacer? —preguntó Alex con la ansiedad reflejada en el rostro.

—En los archivos tenemos direcciones, teléfonos y lugares de empleo de un gran número de los que estuvieron internos en Auschwitz. Siempre les pedimos que nos informen si se mudan de domicilio, para poder localizarlos si alguien acude a nosotros buscándolos, como ustedes ahora. Así hemos logrado reunir a muchas familias. Sabemos algo muy determinante: que usted fue uno de una pareja de gemelos, así que ese evento no pudo haber pasado inadvertido, por la importancia que debe haber tenido para los nazis. Si me autoriza, puedo llamar a una amiga que también estuvo aquí para la misma época que yo y que trabajaba en el hospital, para preguntarle si sabe algo del nacimiento de unos gemelos.

—Por favor, hágalo —dijo Alex.

—La tengo que llamar en la noche, porque a esta hora está en su trabajo. Si me da algún dato confiable, trataré de buscar más información. Les sugiero que se vayan a descansar, llevan días aquí y las emociones han sido fuertes. Regresen mañana después del mediodía; para entonces espero tener algo más concreto. Les prometo que haré todo lo posible para ayudarlos.

—No sé cómo agradecérselo, Nora. Esto significa mucho para mí.

—Lo sé, Alex, lo sé.

—Vamos a almorzar y a dar una vuelta por Cracovia; ambos necesitamos tranquilizarnos y conversar un rato

—propuso Mariana.

Se despidieron de Nora, agradeciéndole su nueva gestión.

Fueron a un pequeño restaurante de la plaza de la ciudad. En una esquina un mimo, en otro lado un hombre tocaba el acordeón, un grupo cantaba, una mujer hacía imitaciones. La multitud se movía como un enjambre por todos lados. Alex, con el semblante sombrío, apenas hablaba. Mariana también se sentía apesadumbrada y trataba en vano de encontrar la forma de darle ánimo. Le apenaba verlo tan atormentado. Él la miró durante un rato en silencio, le tomó las manos y le dijo:

—Sin ti esto hubiera sido insoportable, gracias por estar a mi lado y por toda tu ayuda. Eres lo más importante de mi vida, cometí un grave error al darle prioridad a mi carrera y descuidar nuestro matrimonio. Podríamos intentarlo otra vez... ¿Te casarías de nuevo conmigo?

Mariana lo miró conmovida.

—Tendrían que cambiar muchas cosas, Alex. Tu egoísmo, tus ausencias, aquella soledad en que me encontraba, excluida de tu mundo y el sufrimiento de ver cómo todo se terminaba. Me tomó mucho tiempo reponerme y ahora vivo tranquila. Me atemoriza que vuelva a suceder lo mismo.

—Te prometo que todo va a ser diferente. Ha pasado el tiempo, ambos somos más maduros. Además, he reflexionado y reconozco que tuve la culpa del fracaso de nuestro matrimonio. Por favor, perdóname todo lo que te hice sufrir, fui un imbécil, un engreído. Nada de eso volverá a pasar. Como te dije, voy a limitar los conciertos y a hacer ajustes en mi carrera. Te amo, quiero hacerte feliz, quiero envejecer a tu lado, creo que nos merecemos otra oportunidad.

—No puedo negarte que yo también te amo, pero tenemos mucho de qué hablar. Vamos a conocernos otra vez, a intentar comenzar de nuevo. Primero debemos descubrir tu verdad, encontrar a tus padres, y retomar el ritmo de nuestras vidas. Si todo va bien, podremos hablar de nosotros. Alex asintió y se quedó mirándola con ternura. Sonreía por primera vez en muchos días. Se acercó y le dio un beso que ella correspondió. Esa noche Alex se quedó en la habitación de Mariana.

Al amanecer dieron un paseo por la orilla del Vístula. Conversaron largo rato, conjeturaron sobre lo que podría arrojar la nueva investigación de Nora e hicieron planes futuros. Alex se sentía feliz, como si renaciera, a pesar de todo. Le repetía una y otra vez cuánto la amaba. Después de almorzar algo liviano en el café del Castillo Wawel, frente a un hermoso panorama de la ciudad de Cracovia, regresaron a Auschwitz. Ambos estaban inquietos.

Nora los esperaba optimista, con algunas noticias prometedoras.

—Anoche hablé con mi amiga y me confirmó que, en efecto, hubo un solo nacimiento de gemelos en el campo poco antes de la huida de los nazis. No recuerda la fecha exacta, cree que fue a principios de diciembre de 1944. Dos varones. Me dijo que causó revuelo en el hospital.

—En diciembre de 1944. O sea, en mayo de 1945 los niños tendrían cinco meses, lo mismo que dice el certificado de adopción, ¿no? —reflexionó Alex impaciente en voz alta.

—Alex, deja que Nora termine el relato —dijo Mariana.

—Mi amiga no estuvo en el parto ni los llegó a ver; tampoco se acuerda del nombre de la prisionera que le contó sobre el nacimiento de los gemelos. Sí me mencionó que decían que la madre era una muchacha muy joven, una de las integrantes de la orquesta de mujeres, una violinista. Le pedí que me llamara si lograba recordar algo más.

—Una violinista... —repitió Alex en voz baja.

—¿Había una orquesta de mujeres en Auschwitz? —preguntó Mariana con extrañeza.

—Sí, y también hubo otras orquestas de hombres. No olviden que los nazis eran muy musicales... —dijo Nora con ironía.

—¿Cree que será posible conseguir información sobre las violinistas de la orquesta? —preguntó Alex.

—Ya lo hice. Por suerte tenemos una fecha bastante confiable en que mi amiga dice que ocurrió el nacimiento de los gemelos, así que revisé los archivos para ver cuántas violinistas había. Las listas de los integrantes de las orquestas están bastante completas. La de mujeres, que es la que nos interesa, se organizó después que las de los hombres y duró alrededor de dos años. Fue disuelta poco antes de la liberación del campo. Recuerdo haberlas visto y oído tocar, era un grupo muy selecto, al que otorgaban algunos privilegios. La que organizó y dirigió la orquesta femenina fue una violinista austriaca muy famosa, creo que era sobrina de Gustav Mahler.

Alex y Mariana se quedaron en silencio, sin saber qué decir, cada uno absorto en sus propios pensamientos, pendientes de las palabras de Nora.

—Aquí están los nombres de las ocho violinistas de la orquesta. Por suerte, tenemos registro de cada una de ellas. Las cinco que aparecen como fallecidas eran mayores en aquella época. Hace poco supe de otras dos y, por sus circunstancias personales, sé que no pueden ser la persona que buscamos. Queda una, Leah Felton, que entonces era muy joven. Aparece como residente en Amiens, un pueblo cercano a París, es un dato de hace muchos años. No tenemos su dirección ni ningún otro detalle.

—No puede ser, tan cerca de París… donde vives hace años —dijo Mariana con asombro.

—Amiens es una ciudad bastante pequeña, es posible que no sea tan difícil dar con ella —acotó Alex.

Una secretaria entró a la oficina para indicarle a Nora que tenía una llamada importante. Ésta salió a atenderla y regresó unos minutos más tarde.

—Era mi amiga, con la que hablé anoche. Recordó el nombre de la otra prisionera que también trabajaba en la enfermería, la que le contó del nacimiento de los gemelos y que era amiga de la madre de los niños: Ilse Babish. Debemos presumir que esa mujer debe saber toda la historia. Acabo de pedirle a mi asistente que busque enseguida su información, a ver si tenemos algunos datos que puedan ayudarnos.

—¿Habrá alguna información de quién fue el padre de esos niños? —preguntó Alex.

—Nunca tenemos ese dato. Lamento no poderlo ayudar. Fueron pocos los nacimientos ocurridos en el campo, pues recuerden que los nazis solían matar a los niños, excepto en contadas ocasiones. Si logran encontrar a la madre, ella sin duda podrá responder esa pregunta —contestó Nora.

Alex necesitaba tomar un poco de aire fresco y salió un rato de la oficina. Nora aprovechó para hablar con Mariana.

—No quise comentarlo delante de Alex, pero muchos embarazos se produjeron por las violaciones que ocurrieron en el campo. Aunque los soldados tenían prohibido tocar a las prisioneras, muy a menudo desobedecían la orden.

—¿Usted cree que ése haya sido el caso? —preguntó Mariana.

—Es posible, no se puede descartar. No sé cómo podríamos preparar a Alex para esa eventualidad. De los nacimientos registrados, que no fueron muchos, nunca aparece el nombre del padre, como si eso no tuviera importancia. Supongo que para ocultar el proceder de los soldados.

Cuando Alex regresó al salón, la conversación entre las dos mujeres quedó interrumpida. Mariana estaba desconcertada, muy nerviosa, ante la posibilidad que podrían enfrentar y a la reacción de Alex. "¡Qué duro sería para él si su padre hubiera sido un nazi!", pensó.

Poco después, la empleada entró con un documento en las manos y se lo entregó a Nora, que lo examinó con detenimiento.

—Aquí hay algo curioso. Tenemos una dirección de Ilse Babish y dice que también residía... en Amiens. Esta información es de hace más de veinte años. Es lo único que tenemos de ella. No sé si les servirá de algo —dijo Nora.

—No puede ser una coincidencia. Es posible que hayan mantenido alguna relación a través de los años —comentó Mariana.

—En aquellas circunstancias tan atroces, era frecuente que se formaran lazos estrechos de amistad entre algunos prisioneros. Cuando una pierde todo y a todos, se aferra a quien le ofrece cariño, sobre todo si esa otra persona es capaz de entender sus propias miserias. Es muy probable que esas dos mujeres perdieran a sus familias y se quedaran solas, como le pasó a tanta gente. Pienso como Mariana, no creo que sea una coincidencia, tal vez sean buenas amigas. Ilse debe saber dónde se encuentra Leah Felton. Deben ir a Amiens.

—¡Tenemos que encontrarlas! —reiteró Mariana.

—Si aún están vivas —dijo Alex con ansiedad.

Nora se sentía satisfecha porque, al menos en este caso, había hallado alguna información para ayudarlos. No siempre era así, con frecuencia tenía que enfrentarse al dolor y la frustración de los que no lograban encontrar a sus familiares. Les deseó éxito, temerosa de lo que fueran a descubrir. Las historias de la guerra podían ser terribles y ella había sido testigo de muchas.

Al fin, Alex y Mariana tenían una esperanza, un rastro confiable. Esa mujer, Ilse Babish, debía saber la verdad y el paradero de Leah Felton, si aún estaba viva. Decidieron ir a buscarla enseguida. Se despidieron de Nora y del señor Rosenback, agradeciéndoles su valiosa ayuda, con la promesa de informarles lo que descubrieran.

La mañana siguiente tomaron un vuelo temprano a París y se dirigieron a Amiens por la tarde. La ciudad era, en efecto, bastante pequeña. Llegaron con facilidad a la dirección que Nora les había suministrado. La mujer que ocupaba la casa llevaba quince años allí y no conocía a Ilse. Sin embargo, los llevó donde una vecina que había residido toda su vida en el barrio.

—Sí, recuerdo a Ilse —dijo la mujer—, su esposo era francés y tenían dos niños varones muy educados. Eran buenas personas, muy tranquilas. Hace mucho tiempo que se mudaron y no he sabido más de ellos.

—¿No se acuerda de una amiga de ella, de nombre Leah Felton?

—No, Ilse y yo no éramos amigas. Sólo nos saludábamos en las mañanas, cuando ella iba camino a su trabajo.

—¿Ilse trabajaba? —indagó Mariana.

—Claro, era enfermera en el hospital San Esteban. Queda como a cinco o seis cuadras de aquí.

Le dieron las gracias y se dirigieron al hospital. Algunos recordaban a Ilse, pero hacía años que no trabajaba allí. Una de las enfermeras los refirió al director, el doctor Lemonnier, quien llevaba treinta años en el hospital.

—¿Para qué buscan a Ilse Babish? —preguntó el doctor.

—En realidad a quien buscamos es a una amiga de ella, Leah Felton, y quisiéramos preguntarle si sabe dónde podemos encontrarla. Se trata de un asunto muy importante y de urgencia. Aquí tiene mi tarjeta, soy Alex York, pianista. Ella es mi novia, Mariana Arroyo.

—Ilse trabajó conmigo durante varios años y nos tenemos mucho aprecio. A veces viene por aquí. Tengo que buscar su teléfono, les llamaré mañana para informarles si pude conseguirla.

Cuando se dirigía a su oficina, se detuvo, ladeó la cabeza y les dijo:

—Leah Felton... ¿la profesora de violín? Sí, me acuerdo de ella. La vi varias veces que vino a encontrarse con Ilse a la salida del trabajo.

Alex y Mariana se miraron sorprendidos de su buena suerte. Al fin se acercaban a la verdad. Regresaron al hotel. El sol comenzaba a ponerse y la tarde refrescaba.

Esa noche salieron a cenar y tuvieron una larga conversación. La relación entre ambos parecía fluir como si los años no hubieran transcurrido, una nueva conexión se establecía, con más madurez y entendimiento.

—Mariana, tengo que confesarte que me aterra saber quién fue mi padre. He pensado mucho en eso. A veces me dan deseos de no seguir adelante con esta investigación.

—¿Por qué lo dices?

—Una mujer tan joven que sale encinta en un campo de concentración y que, al parecer, llevaba algún tiempo prisionera... Esos hijos no pueden haber sido productos del amor.

—No me atrevía a decírtelo, pienso igual que tú. Nora también me insinuó esa posibilidad.

—Por otro lado, estoy ansioso por conocer a Leah Felton. Además, aunque me da miedo enfrentar la verdad, también quiero saber quién fue mi padre.

—¿Crees que te lo dirá?

—Espero que sí. Le rogaré que lo haga. Es algo que me atormenta y tengo derecho a saberlo, ¿no crees?.

—Y, si como tememos, fue un nazi, ¿qué pensarías?, ¿qué

harías?

—No lo sé, sería espantoso. Es una posibilidad que tendría que aceptar. ¿Estará vivo todavía?

Mariana lo miró con compasión. Alex estaba desconcertado y su rostro reflejaba un profundo dolor.

Al regresar al hotel, encontraron un mensaje del doctor Lemonnier, indicándoles que fueran al hospital en la mañana.

Aquella noche Alex no pudo dormir. Muy pronto sabría la verdad y le atemorizaba. Sentía deseos de huir, de no ir a conocer a su madre biológica, de no indagar sobre la identidad de su verdadero padre, de los detalles aterradores de su nacimiento. "¿Quién soy en realidad?", pensaba una y otra vez.

Mariana, a su vez, también estuvo despierta toda la noche. "Pobre Alex, su mundo se ha derrumbado. La muerte de sus padres, descubrir que fue adoptado, ¿cómo afrontará todo esto? ¿Cómo podré ayudarlo?".

Se levantaron temprano y fueron presurosos al hospital. Esperaron impacientes en recepción, hasta que unos minutos más tarde, el director se les acercó y, con amabilidad, les extendió un papel.

—Aquí tienen el teléfono y la dirección de Ilse. Hablé con ella y los está esperando. Pueden ir a visitarla, no vive lejos de aquí.

—Hola, Leah, ¿vas a estar en la casa? Tengo que hablar contigo.

—Sí, no voy a salir. Hoy tuve un solo alumno y en la tarde estoy libre. ¿Qué pasa, Ilse?

—Voy para allá.

—¿Pasa algo, Ilse?

—No te preocupes, voy enseguida.

Leah colgó el teléfono. "Ah, Ilse, mi amiga querida. Siempre pendiente de mí. ¿Qué se traerá ahora entre manos? Seguro que quiere contarme algo. Al menos ella tiene su propia familia, su marido, sus hijos", pensó.

Recién cumplidos sesenta y tres años, Leah Felton se miró al espejo. "No te ves tan mal para tu edad", se dijo. A pesar de las arrugas, en la melena castaña apenas asomaban las canas. Los ojos pequeños de color marrón y la nariz inconfundiblemente judía de su padre le daban vivacidad al rostro. No se consideraba bonita como lo había sido Raquel. Al menos ahora la gente decía que era una mujer interesante.

Se dirigió al estudio para practicar un rato. Disponía de tiempo, tenía el resto del día. ¡Qué lejos había quedado aquel sueño de ser concertista! Se miró los dedos, lastimados por el trabajo esclavo. Recordó ese día ya muy lejano, poco tiempo después de llegar a Amiens, cuando enterró su sueño porque se dio cuenta de que ni ella ni sus manos eran las mismas, que carecían de la inocencia necesaria para producir el sonido puro de la música.

Evocó las palabras de su padre cuando le compró el Guarneri: "Cuando te vea debutar en un escenario y te aplauda con orgullo, sabré que este enorme esfuerzo valió la pena". Eso nunca sucedió. Su padre, su violín y sus anhelos habían desaparecido para siempre en medio del horror. Lo único que le había quedado era el tatuaje, esos números malditos que llevaba para siempre en el brazo.

Cuando tuvo la certeza de que la Leah de antes jamás volvería, decidió dedicarse a enseñar a los niños a tocar el violín. Necesitaba estar en contacto con quienes no albergaran maldad en su alma, para mostrarles el camino noble de la música, la única que les proporcionaría siempre felicidad y consuelo, pasara lo que pasara en sus vidas. A través de esos niños recordaría siempre a sus hijos, a los que no pudo conocer.

Años incontables habían transcurrido, lejanos, apacibles en apariencia, en los que había intentado sin éxito recomponer las melodías disonantes de su espíritu. Nadie podía sospechar su lucha perenne para olvidar, para perdonar, para no enloquecer. Cansada de transitar por laberintos de pesadillas, de batallar contra aquella soledad implacable que nunca se disipaba, estaba convencida de que sus heridas nunca sanarían, aunque viviera mil años. "Qué curioso, Ilse y yo nunca hemos hablado de lo que nos pasó. Adormecimos nuestros recuerdos para ignorarlos, como si así aparentáramos que nunca sucedió, seguro que para no lastimarnos más", pensó con tristeza.

Al llegar a la Gare de l´Este en París, procedentes de Auschwitz, vieron cómo la gente se acercaba desesperada a los trenes para mostrar las fotos de sus familiares y preguntar si alguien los había visto, con la esperanza de encontrarlos con vida. Ellas no tenían duda de que los suyos estaban muertos. Leah se estremeció cuando vino a su memoria lo que pensó entonces: "Al menos ellos tienen fotos; yo no tengo una sola de los míos y con el tiempo voy a olvidar sus rostros". Y así había sido. Apenas recordaba los rasgos de sus padres y de Raquel, se habían convertido en imágenes diluidas en el tiempo. A sus hijos ni siquiera podía imaginarlos, apenas los había visto un momento al nacer y también estaban muertos. "¿Cómo sería mi vida si ellos hubieran sobrevivido? ¡Haber tenido alguien a quien amar, por quién vivir!", pensó.

Durante dos días no se atrevieron a salir de la estación de trenes. Se sentían perdidas, pero pretendían estar vivas. Tampoco tenían a dónde ir, igual que el resto de la gente que caminaba como autómatas de un lado a otro por la gran sala de la estación. Por su aspecto escuálido y el semblante demacrado, era evidente que muchos, como ellas mismas, eran sobrevivientes de los campos de concentración. Algunas mujeres francesas caminaban entre ellos y repartían agua, chocolate caliente, pan y algunas palabras de aliento.

Varios oficiales de la Cruz Roja entraron a la estación y comenzaron a identificar a los refugiados para enviarlos al Hotel Lutecia, convertido en centro de acogida. Leah e Ilse se pusieron enseguida en la fila. Les tomaron fotos y sus datos para expedirles una especie de cédula, una cartulina blanca con la foto sellada, que en lo sucesivo debían llevar como identificación.

La primera noche en el Lutecia casi no pudieron dormir, a pesar de que la habitación era cómoda y estaba limpia. Les dolía darse cuenta de que durante esos años la vida había continuado su curso sin ellas y que el mundo había estado ajeno a lo que sucedía a su alrededor, por ignorancia o, aún peor, por indiferencia. Cuando lograban conciliar el sueño por un rato, las pesadillas las despertaban, creían estar todavía en Auschwitz y el insomnio volvía a apoderarse de la noche. La sensación de sentirse humanas de nuevo les resultaba extraña. Cama, ropa limpia, toallas, cubiertos, comida, sueño, un lugar agradable donde vivir, la posibilidad de tener ilusiones de nuevo.

Desde la ventana de la habitación del hotel, observaban varias ametralladoras antiaéreas que apuntaban al cielo. París había sido liberada, pero los alemanes se negaban a rendirse en la costa atlántica. Los aviones de los aliados sobrevolaban a menudo la ciudad y, de vez en cuando, los altavoces anunciaban una alarma aérea y la gente corría a esconderse.

París ya no era la Ciudad Luz, no se parecía a la de los recuerdos de Leah. La envolvía un aire decadente, de tristeza, los edificios en penumbras. Trastocada por la guerra, las ruinas y el abandono se notaban en las calles. Como la gasolina escaseaba, los carros apenas circulaban por la ciudad y abundaban las bicicletas. Los escaparates de las pocas tiendas abiertas estaban vacíos, los cines comenzaban a ofrecer funciones limitadas y en algunos hoteles se notaba el movimiento de extranjeros.

Los soldados aliados iban en grupos y estaban por toda la ciudad: los canadienses con polainas blancas y boinas de medio lado, los escoceses con faldas de cuadritos y gorritos con cintas. Los norteamericanos parecían haberse adueñado de la ciudad, su policía militar de casco, correa blanca, porra, pistola y esposas al cinto, pretendía imponer el orden, a veces sin mucho éxito. Los gendarmes franceses, de uniforme azul, arrastraban los pies como si estuvieran muy cansados.

Los túneles del metro estaban atestados de una masa anónima de refugiados que moría de hambre y desesperanza. A pesar de que las organizaciones caritativas repartían sopa y galletas, algunos no tenían fuerzas para moverse ni para comer. A otros, simplemente no les interesaba seguir viviendo.

El antisemitismo persistía y muchos temían por su vida. La mayoría de las fronteras de Europa estaban cerradas ante el temor de una oleada de refugiados provenientes de los campos de concentración. El Joint, la organización de ayuda a los refugiados judíos, que acababa de reabrir su oficina en

París, distribuía ropa, comida y gestionaba el viaje de los refugiados a otras ciudades para reunirlos con sus familiares. Diversas agencias caritativas se unieron en el esfuerzo y les ofrecían entrenamiento para ayudarlos a desarrollar destrezas y reincorporarse a la fuerza trabajadora.

Palestina no era la mejor opción, por lo arriesgado. Los que vivían allá, en el asentamiento Yishuv, organizaron el *Aliyah Bet*, una movilización ilegal de cientos de miles de refugiados europeos que intentaron llegar por barco. El gobierno inglés interceptaba las naves, les impedía el ingreso a Palestina y los enviaba a campos de detención en Chipre. La organización de sobrevivientes Sh´erit ha Pletah presionó varias veces a los ingleses para que abrieran las fronteras, sin éxito. Lo mismo sucedía con Estados Unidos, que tenía grandes restricciones para aceptar inmigrantes. Tomó años para que ampliaran de forma progresiva las cuotas de judíos provenientes de los campos.

Al principio, Ilse y Leah pretendían quedarse en París. El Joint las ubicó en una buhardilla con un minúsculo balcón, cerca de la Plaza Víctor Hugo, un barrio donde abundaban los escritores, pintores, músicos y artistas de todo género, tan pobres, hambrientos y desheredados de la vida como ellas.

Una tarde se escuchó el tañido incesante de las campanas de Notre Dame, a las que los franceses llamaban Marie Thérèse. Todos comentaban extrañados que no sonaban desde el comienzo de la guerra. El pueblo se desbordaba por las calles y en la Plaza de la Concordia y gritaba *Vive La France*! La Plaza del Ayuntamiento estaba repleta de banderas aliadas. De Gaulle salió al balcón y dijo emocionado: "Conciudadanos, ¡cantemos *La Marsellesa*!". El coro multitudinario, con las campanas de la iglesia como acompañamiento, levantó los ánimos como por arte de magia. París despertaba de su letargo.

El 7 de mayo de 1945 Alemania se rindió, pero la guerra continuaba en varios puntos del mundo. A la mayoría parecía no importarle. Lo único que anhelaban los sobrevivientes era retomar sus vidas y olvidar.

Leah consiguió trabajo cerca de donde vivían, en Le chat noir, de la *rue* Leroux, un pequeño club nocturno frecuentado por los soldados aliados, al que no tenían acceso los franceses. Durante unas horas cada noche, un joven tocaba el piano y ella lo acompañaba al violín. La paga era exigua, pero servía al menos para cubrir los gastos más urgentes. El Joint las ayudaba con la renta. El pan, la leche y la mantequilla se compraban por la libre y para lo demás tenían cartillas de racionamiento. La comida escaseaba y se necesitaba dinero para poder conseguir alimentos en el mercado negro que estaba floreciente.

Aquel verano el calor fue muy intenso y la ciudad comenzaba poco a poco a encender sus luces legendarias. Las paredes estaban repletas de letreros pintados que pedían la ejecución de Pétain, el viejo traidor, y de Laval, el ministro que se vendió a los alemanes. El 15 de agosto, varios días después del ataque de Estados Unidos a Hiroshima y Nagasaki, la radio transmitía el mensaje del Emperador Hiroito de Japón, en el que anunciaba la rendición del Japón.

Las sirenas de la ciudad sonaron insistentes al mediodía. Leah creyó que los alemanes habían vuelto y corrió a esconderse. Entonces escuchó los gritos en la calle: "*La guerre est finie!*", "*Vive La France!*". Los desconocidos se abrazaban, reían, lloraban. Los periódicos de París confirmaban la noticia en sus titulares: "La guerra terminó. Ha vuelto la paz". Aquel día la celebración parecía no tener fin en todos los rincones de la ciudad. En la noche, en Le chat noir, Leah y el pianista tocaron *La Marsellesa* docenas de veces y la gente cantaba a viva voz, con la emoción a flor de piel. Se descorcharon botellas de vino y de champaña, una tras otra. La fiesta duró hasta el amanecer.

En medio de tanta alegría, Leah se sentía aturdida, necesitaba más que nunca estar sola. Salió del club y comenzó a caminar sin rumbo. Atravesó la plaza Víctor Hugo, bajó por la *avenue* Poincaré hasta el Trocadero. La noche, engalanada de luna llena, parecía celebrar también.

Llegó hasta el Palais de Chaillot. Se sentó en un banco, de espaldas al estanque. Al frente, sobre el Sena, el imponente *Pont d'Iéna*, con sus famosas esculturas de los cuatro guerreros: el galés, el romano, el árabe y el griego. Más allá, la Torre Eiffel erguida majestuosa frente al Champ de Mars. A lo lejos veía la gente correr de un lado a otro entre la niebla, pero en la distancia no escuchaba sus voces. Parecían moverse como en una película en cámara lenta.

Leah estuvo varias horas allí, en silencio. Buscó la paz en la quietud de la noche, llena de sentimientos encontrados de pena y de rabia, de añoranza por lo que había perdido, por lo que le habían arrebatado, incapaz de superar el dolor. Entendió al fin que sus recuerdos siempre estarían vivos, tendría que aprender a perdonar y a creer de nuevo en los demás. Dejó que la punzante añoranza de sus hijos se fuera lejos, al infinito, como algo inalcanzable, irrecuperable.

Al fin concluyó que le quedaba la música y que sin ella su vida estaría desprovista de sentido para sobrevivir y seguir adelante. De regreso a casa, tarareaba un *scherzo* juguetón al presenciar el amanecer de un mundo camino a la paz.

Días más tarde, Leah caminaba despreocupada por la calle y se cruzó con una mujer conocida: Anika, una de las *boklovas* de Auschwitz, la que caminaba dando tumbos elefantinos y que había impedido que ella y Raquel acompañaran a su madre en sus últimos momentos. La mujer apuró el paso al ver que la reconocían. Leah la tomó por el brazo, la zarandeó y le dijo con rabia que sabía quién era. La mujer se zafó con violencia y lo negó. Leah comenzó a gritar: "Asesina, asesina, deténgala, esa mujer es una nazi asesina". La gente se arremolinó en torno a ellas. La mujer echó a correr y se perdió al doblar la esquina.

Desde ese momento, a Leah le parecía que encontraba nazis por todos lados. A veces creyó ver a la Mandel, a la Grese, a Höess, hasta a los demás cuyos nombres ignoraba, porque nunca olvidaría esos los rostros de rasgos indelebles a los que había visto innumerables veces llevando gente a empujones a las cámaras de gas. Jamás podría borrarlos de su mente.

Al mes siguiente, el Joint le ofreció a Ilse un empleo como ayudante de enfermera en el hospital de Amiens, un pueblo pequeño cerca de París. Leah decidió acompañarla a pesar de que no tenía trabajo allí. París aún estaba herida por la guerra y no se recuperaría en mucho tiempo, además de que ofrecía las condiciones de gran ciudad, ideales para que los nazis pudieran ocultarse. No lo pensaron dos veces, necesitaban con urgencia un sitio tranquilo donde comenzar de nuevo.

La Cruz Roja les pagó el pasaje a Amiens y las ubicó en una pensión. La paga de Ilse no era abundante. Se habían acostumbrado a vivir con muy poco y sería suficiente para ambas al menos al principio. Dos meses después lograron mudarse a una pequeña casita en el Barrio Saint Maurice, cerca del hospital donde Ilse trabajaba. Tenían pocas pertenencias, pero les parecía un paraíso. Poco a poco retomaron las riendas de sus vidas.

Cuando se corrió la voz de que había una profesora de violín en el pueblo, los alumnos empezaron a llegar. Leah disfrutaba de la compañía de los niños al poder despertar en ellos la curiosidad por la música y el asombro ante su propia capacidad de producir sonidos con el violín. Pronto tuvo que limitar el número de estudiantes porque no le alcanzaban las horas.

Tres años más tarde, Ilse se casó con Phillipe Sprinz, un ingeniero judío francés también residente en Amiens, que había estado prisionero en el campo de Theresienstadt, y quien también había perdido a sus padres y hermanos. La ceremonia, muy sencilla, la ofició un rabino amigo de ambos, en presencia de Leah y unos pocos amigos. Tuvieron dos hijos varones: Cyprien y Vincent, que le decían tía a Leah y a quienes ella quería como si fueran de verdad sus sobrinos.

Leah se mudó a otra casa más pequeña en el barrio de Saint Leu, en compañía de dos gatos negros que recogió en la calle. Allí tenía un estudio donde recibía a los alumnos. Cuidaba con esmero un pequeño jardín al frente de la casa, que siempre estaba plagado de flores. Le encantaba practicar con el violín debajo de un árbol inmenso, igual que acostumbraba hacer en su casa de Bremen.

Muchas veces se preguntó qué habría sido de su Guarneri. ¡Cuánto añoraba aquel sonido! La última vez que lo tocó fue también la última vez que vio a Raquel. Estaba segura de que Mengele lo había destruido, como había hecho con todo lo que ella amaba.

A las seis de la mañana y a las seis de la tarde escuchaba las campanas de la catedral gótica cercana a su casa. Como la casa quedaba céntrica, podía recorrer a pie la ciudad, pasear por el área del río Somme y llegar a todos sitios sin dificultad. En Amiens era feliz, siempre que lograra mantener alejados a sus fantasmas. Se convirtió en una mujer muy atractiva, tuvo varios pretendientes y estuvo a punto de casarse con el veterinario del pueblo. A última hora rompió el compromiso y decidió quedarse soltera. Se sentía incapaz de amar, como si la felicidad le estuviera vedada. Tenía sentimientos de culpa por haber sobrevivido.

Tocaban a la puerta con impaciencia. Ilse estaba allí.

—Vine a hablar contigo —dijo Ilse nerviosa.
—¿Qué te pasa? Estás pálida.

Ilse no encontraba las palabras adecuadas ni por dónde comenzar la conversación con su amiga. Estaba segura de que lo que iba a decirle desataría un terrible tormento en ella. Se sentaron juntas en el sofá y le dijo muy pausada, intentando en vano lucir lo más serena posible:

—Hace un rato recibí la visita de un hombre que te anda buscando. Me preguntó si habías dado a luz gemelos durante tu estadía en Auschwitz y si sabía tu dirección. Asegura que es tu hijo.

—No, Ilse, no puede ser. Mi hijo murió —reaccionó Leah, incrédula, con las manos crispadas.

—Leah, escúchame.
—No, Ilse, no. ¡Es una equivocación!
—Por favor, Leah, recapacita. Ese hombre pudiera de verdad ser tu hijo.
—¿Por qué piensas eso? ¡Mi hijo está muerto!

Ilse le contó los detalles sobre la visita de Alex y Mariana, cómo se habían enterado de su adopción y de la intensa búsqueda que los había conducido hasta ella.

—Cuando el director del hospital me llamó, me sorprendí mucho, sobre todo porque dijo que era a ti a quien buscaban. Lo autoricé a que les diera mi teléfono y mi dirección. Pensé que valía la pena saber de qué se trataba todo esto y conocerlo. Cuando hablamos, me hizo muchas preguntas sobre ti. Está seguro de que eres su madre.

"¿Sería posible?", se preguntó Leah sorprendida. Nunca se había permitido creer que su hijo estuviera vivo. Cuando alguna vez esa posibilidad la había rondado, la descartaba de inmediato, porque entonces lo imaginaba un monstruo malvado como su padre. Leah estaba confundida, su mundo sonoro se había trastocado en un contrapunto sin sentido.

—¿Qué más te dijo?

—Que le urge verte.

—¿Te dijo quién lo crió?

—Que lo adoptó un soldado norteamericano y su esposa.

—¿No sería Mengele? Tal vez fue quien se lo llevó del campo y se hizo pasar por otra persona. Debe estar vivo.

—Leah, Mengele murió hace años en Brasil.

—Eso dicen, tampoco sé si es cierto. Su paradero fue siempre una incógnita. Durante años temí encontrármelo en la calle o que me buscara. A veces me parecía verlo en las esquinas. Revisaba los periódicos para ver si lo habían atrapado, pero nunca sucedió. Dicen que huyó de un sitio a otro en Suramérica. Tampoco tengo la seguridad de que haya muerto.

—Sé que siempre pensaste en la posibilidad de que él se hubiera llevado a tu hijo; hasta yo llegué a creerlo en alguna ocasión. Ya ves, ahora parece que ese niño no murió y que Mengele huyó solo. Tal vez él mismo trasladó al niño a otro sitio o mandó a la enfermera que lo cuidaba a dejarlo en algún hospital y así fue que lo dieron en adopción. Claro, todo es una especulación.

—Tengo miedo, Ilse, mucho miedo. ¿Si me rechaza? ¿Si me recrimina por qué no lo busqué? —las manos le temblaban.

—Yo estaba contigo cuando regresamos a Auschwitz para buscarlo y cuando te dijeron que había muerto. Aún cuando creyeras que estaba vivo, no hubieras sabido dónde podría estar. Fuiste una víctima también. Tienes que enfrentarte con esta realidad y con tus propios temores. Por favor, no te castigues más.

Leah no podía creer lo que sucedía. El terror, que creía dominado, otra vez se apoderaba de ella. Llevaba años intentando vivir en paz con su soledad y con sus recuerdos. Creía haberlo logrado y ahora el pasado regresaba para atormentarla.

—Tengo miedo, tengo miedo… —repitió Leah llorando.

—Leah, querida, parece una buena persona. Debes conocerlo y ambos tienen que hablar, es un capítulo de esta historia que hay que concluir. ¿No crees?

—Me va a preguntar quién fue su padre —dijo Leah angustiada.

—Debes decírselo.

—No sé si deba, no creo que pueda. Va a ser tan espantoso que descubra de quién es hijo.

—Tiene derecho a saberlo.

—¿Cómo se llama?

—Alex York.

—¿Como el pianista? —reaccionó Leah, sorprendida.

—Es el pianista.

—¿Estás segura? ¡Es uno de los mejores del mundo! Hace un año fui a París, a un concierto suyo, ¿te acuerdas que tu hijo Vincent me acompañó?

—Es él. Cuando me dijo el nombre, le pregunté y me lo confirmó. Mira, ésta es su tarjeta. Quiere verte hoy mismo, está desesperado.

—¿Hoy? No sé…

—Quedé en llamarlo tan pronto hablara contigo. Voy a coordinar el encuentro para esta tarde a las cuatro, aquí, en tu casa. Viene con su novia que se llama Mariana.

—Tengo tanto miedo.

—Verás que todo va a salir bien.

—¿Vas a estar presente, verdad?

—Claro que estaré aquí contigo. Siempre lo he estado, ¿no?

Las dos amigas se abrazaron en silencio.

—Casi no puedo creer que esto sea cierto, Mariana. Hasta hace poco mi vida transcurría en orden. Ahora resulta que fui adoptado, que no tengo idea de quién fue mi padre y que no conozco a mi verdadera madre. Es una locura.

—Pronto esclarecerás todo, Alex. Dentro de un rato vamos a conocerla. Tiene un nombre hermoso: Leah Felton. Te aseguro que ella también está sorprendida. Quizás te creía muerto.

—Pudo haberme buscado, ¿no crees?

—Alex, primero tienes que escuchar su historia, que debe ser horrible. Haber estado en Auschwitz ya lo es. Estuviste en ese sitio, no la puedes juzgar. Lo que le pasó está fuera de nuestra comprensión y para ella tiene que haber sido traumático. Era muy jovencita, casi una niña. Tienes que revestirte de paciencia y, sobre todo, de compasión para escucharla y aceptar lo que tenga que decirte, por terrible que sea. Recuerda que es tu madre y que ha sufrido mucho. Tú, a pesar de todo, tuviste unos padres que te amaron y que te dieron todas las oportunidades.

—Tienes razón, discúlpame, no sé lo que digo, estoy ofuscado y me siento muy triste. Todo me es tan ajeno, como si no me sucediera a mí y, sin embargo, es cierto. Tengo mucho miedo de conocerla. No sé por qué.

—Es comprensible, Alex. Todo esto es muy extraño. Siempre te preguntaste de dónde venía tu amor por la música. Ya ves, tu madre es violinista…

—Bueno, si es que eso se hereda...

—Tu padre, ¿sería músico también?

—Esa es una de las preguntas que voy a hacerle. Quiero saberlo todo. ¿Estás segura de que tienes bien la dirección? No conocemos bien el pueblo y casi es hora.

—Sí, aquí tengo las instrucciones que me dio Ilse. Serénate, por favor, estamos cerca.

—Por favor, apresúrate, no prolonguemos más esto. Estoy desesperado por llegar —dijo Alex nervioso.

Leah se paseaba de un lado a otro de la habitación. Ilse la contemplaba con una sonrisa.

—Vamos, Leah, tranquilízate. Pronto van a llegar y estás muy ansiosa.

—No puedo evitarlo, nunca creí que esto me pasaría. ¿Qué crees que piense de mí? ¿Me veo bien?

—Por Dios, mujer, no te tortures así. Estoy segura de que es un buen hombre y enseguida se dará cuenta de que eres una mujer maravillosa. Además, estás guapísima.

—¿Le explicaste cómo llegar?

—Sí. Estaba muy nervioso y me pidió que le diera la dirección a su novia que, por cierto, es muy amable. Son casi las cuatro, deben estar cerca.

Tocaban a la puerta. Ilse acudió presurosa a abrir.

—Buenas tardes, Ilse —dijo Alex que entró acompañado de Mariana.

Leah lo miraba. Aquel hombre que tenía delante decía ser el hijo que creía haber perdido. Escuchó de pronto las melodías olvidadas, la música invadía de nuevo como cuando era inocente y feliz. El *agitato impetuoso* de un *concerto grosso*, intraducible en palabras, se desbocó en todos sus sentidos. Los latidos del corazón se unían de nuevo al ritmo de la música. Nunca se había atrevido a soñar con que ese hijo estuviera vivo y ahora lo tenía delante.

Alex se acercó a ella con paso vacilante, las manos le temblaban.

—Leah, soy Alex, tu hijo —dijo con suavidad.

—Mi hijo… —Leah repitió en voz baja, como en un susurro.

Ambos se abrazaron durante un rato, incapaces de pronunciar más palabras. Ilse y Mariana presenciaban conmovidas la escena.

Se contemplaban con curiosidad. Leah, emocionada y perpleja, miró las manos pianistas de su hijo, y su rostro. "Tiene el perfil de mi hermana, los ojos de mamá, el porte de mi padre", se dijo. A través de él, había recuperado el recuerdo de los suyos.

Alex también observaba con detenimiento a la mujer que acababa de conocer. Le impactó la bondad que emanaba y se vio reflejado en ella. Notó la sombra del roce del violín en el cuello de su madre. "La marca de los virtuosos", pensó. Entre ambos fluían corrientes intangibles que se convertían en lazos indestructibles de sangre y melodías. Conectaban en una tesitura perfecta, como en un canto antifonal, en el que cada uno intentaba identificar en el otro algún rasgo propio.

—Tú eres Mariana, la novia de Alex —dijo Leah acercándose. Ambas se abrazaron.

—Tienen mucho de qué hablar —interrumpió Ilse con delicadeza, disimulando la emoción. Mariana y ella, en un acuerdo tácito, salieron de la habitación. Madre e hijo debían quedar a solas.

—Necesito saber muchas cosas. No sé qué preguntarte ni por dónde empezar —dijo él, muy nervioso.

Leah asintió, secándose las lágrimas.

—Quiero que me digas todo sobre ti, cómo fue tu niñez, quiénes fueron tus padres adoptivos, si los amaste mucho, dónde vivías.

Alex se sentó a su lado, le tomó las manos y le dijo:

—Lo haré, te contaré mi vida en detalle. Por ahora te diré que tuve unos padres maravillosos, que me quisieron mucho. Tenemos toda la vida para hablar, pero primero cuéntame tú la verdad. Te prometo que no voy a hacerte reproches ni a juzgarte, estuve en Auschwitz buscando cómo encontrarte y puedo imaginar lo que has sufrido, aunque sea difícil de entender en toda su dimensión para quien no lo haya vivido. Por favor, no me ocultes nada, por espantoso que sea y, sobre todo, dime quién fue mi padre —suplicó Alex emocionado, con los ojos enrojecidos y la voz entrecortada.

Leah lo miró, acarició con ternura las manos del pianista, se acercó un poco más a él y con un leve temblor en la voz, a ritmo sincopado, le dijo al oído, a tono de confesión, en un susurro:

"Aquella tarde papá llegó con la noticia…".

CODA — *Buenos Aires, 2003*

—¡Qué agradable es pasear por la Feria de San Telmo! Vamos al quiosco de Claudio, a ver qué tiene de nuevo —comentó Alex con entusiasmo.

Caminaban por entre los estanquillos que ofrecían objetos de toda procedencia, rodeados de una masa de curiosos y compradores. La cadencia rítmica de un tango se escuchaba de fondo y en una esquina una pareja daba una demostración del baile. Los gritos de los vendedores de mercancías diversas, sazonaban la tarde.

—Ah, olvidé decirte que anoche llamó Armand después del concierto, cuando firmabas autógrafos y atendías a tus admiradores —dijo Mariana.

—Seguro que para preguntar cómo me fue, como siempre hace. Debe extrañar aquellos años en los que era él quien me acompañaba. Yo también lo echo de menos.

—También llamó para darnos una buena noticia: América está encinta de nuevo.

—¿Otra vez? Van por el cuarto... —comentó Alex.

Alex quedó desolado cuando supo la verdad sobre su origen y la identidad del padre. Mariana resultó un gran apoyo para superar el impacto inicial. Ante la maravillosa conexión de madre e hijo al conocerse, después de todas las confesiones, acordaron nunca más volver a hablar del pasado. Lo único que importaba era el futuro y recuperar el tiempo perdido.

Poco después, Alex y Mariana se volvieron a casar en Puerto Rico, en una ceremonia muy íntima en la que Leah estuvo presente. Ella, que nunca había estado en el Caribe, quedó fascinada con la belleza de la isla y con la hospitalidad de la gente; luego regresó varias veces con ellos para que Alex le mostrara los sitios donde creció.

La convencieron para que se mudara a un apartamento al lado de ellos en París. Mariana se convirtió en una hija para ella. Después de tantos años de soledad, Leah no podía creer que tuviera una familia propia. Visitaba con frecuencia a Ilse en Amiens, donde también había dejado muchos afectos.

A menudo Alex organizaba veladas musicales y le pedía que lo acompañara con el violín. Leah llegó a tocar frente a grandes músicos del mundo que la alababan por su virtuosismo, lo que la hacía sentir radiante. Sólo echaba de menos su violín, pero nunca lo comentaba.

Como le había prometido a Mariana, Alex redujo la cantidad de conciertos y dejó de hacer las giras maratónicas que acostumbraba. Aceptó la posición de director titular de la Orquesta Sinfónica de París. Leah los acompañaba en sus viajes a diferentes países. Cuando Alex terminaba de tocar y se levantaba de la banqueta para saludar al público, su primera mirada, un guiño, una sonrisa, iban dirigidos a ella, la admiradora más fiel. Sabía dónde encontrarla: en primera fila, eufórica, aplaudiendo con entusiasmo.

Al nacer su nieta, Leah decía que era el mejor regalo que había recibido en toda la vida. Apenas la niña comenzó a caminar, le puso en las manos un pequeño violín de juguete y pocos años después se ocupó de iniciarla en las clases formales de música. Leah comentaba a todos con orgullo: "Esta niña tiene talento y va a ser violinista". Abuela y nieta se adoraban y pasaban largas horas compartiendo una pasión acendrada por la música. A través de los años, Leah comentaba que la nieta, de cabello rojizo, ojos azules y nariz respingada, se había convertido en la réplica de Vera, su madre.

—¿Te acuerdas que hoy hace tres años que Leah murió? Anoche, cuando tocaste el concierto que tanto le gustaba, no pude dejar de pensar en ella —dijo Mariana.

—Por supuesto que me acuerdo, por eso escogí tocar esa obra. En realidad, la tengo presente todos los días. Si la vida no la hubiera traicionado, podía haber sido una gran concertista, tenía madera de virtuosa.

—¡Estaba tan orgullosa de ti! Me decía a menudo que habías heredado su talento.

—Estoy seguro de eso. La admiré mucho, era una gran mujer. Me alegro de haber podido darle un poco de felicidad y de compartir con ella los últimos años de su vida.

Leah había jurado que nunca regresaría a Alemania, pero en 1999 Alex la convenció para que los acompañara a Berlín, donde ofrecería un concierto como parte de la conmemoración del sesenta aniversario de la travesía del *Saint Louis*, los sesenta y un años del Kristallnacht y el décimo aniversario de la caída del Muro.

El Konzerthaus se vistió de gala. Alex tocó la *Polonesa Heroica*, de Chopin y la Sonata número uno, de Prokofiev y como *encore* el Estudio *Patético* en re sostenido menor, opus 8, de Scriabin. Previo a comenzar, ante el Primer Ministro y cientos de dignatarios del mundo entero, el pianista se dirigió al auditorio para honrar la presencia de su madre como alemana sobreviviente del Holocausto. Leah lloró durante todo el concierto. Luego reconoció que volver a su patria había sido una catarsis que la había ayudado a curar las heridas.

Luego visitaron Bremen. Leah les mostró dónde estuvo el consultorio de su padre y la antigua casa familiar, convertida en una escuela de arte. Su nieta le hizo muchísimas preguntas y ella le mostró los sitios donde había transcurrido su niñez. Al principio iba vacilante, después cobró confianza y al fin pudo reír.

En los últimos años de su vida, Leah fue muy feliz. Cuando murió, a los 78 años, dejó un vacío muy grande en todos los que la conocieron. En efecto, el vaticinio fue certero: la nieta parecía haber heredado su talento. Convertida en una jovencita, estaba empeñada en ser concertista, como le había prometido a su abuela.

—Ven, hija, ya llegamos —llamó Mariana a la joven, que se encontraba distraída un poco más adelante, para que se acercara al estanquillo de antigüedades musicales que solían frecuentar cuando visitaban Buenos Aires.

—¿Se encuentra Claudio? —preguntó Alex al hombre que atendía el quiosco.

—No, soy su sobrino Enrique. Mi tío está indispuesto, en la casa.

—Cuánto lo siento, vine a saludarlo y a ver qué tiene de nuevo. Claudio es un gran conocedor de la música y siempre tiene cosas interesantes.

—¿Usted es el maestro York?

—Sí, ¿cómo lo sabe?

—Porque mi tío leyó en el periódico que anoche tocaba en el Teatro Colón. Estaba seguro de que vendría hoy por el quiosco y me pidió que lo llamara cuando preguntara por él.

El joven procedió a marcar el número y le pasó el teléfono celular a Alex. Ambos sostuvieron una breve conversación.

—Vamos un rato a casa de Claudio. Se retira del negocio y quiere despedirse de nosotros —dijo Alex a su esposa e hija.

—Mis tíos están muy mayores. Como no tuvieron hijos, los convencí para que se retiren y se muden a Córdoba, donde vivo con mi familia, para poderlos atender. Allá tienen una casita cerca de nosotros. Hoy es el último día de operación del quiosco y estoy liquidando la mercancía —comentó el hombre.

—Permítame ver esas partituras —dijo Alex, refiriéndose a un grupo que había en una esquina. Las revisó y compró algunas antiguas que le parecieron interesantes.

—¿Sabe dónde vive mi tío?

—Sí, cómo no, aquí cerca. Lo hemos visitado varias veces en los últimos años.

Se dirigieron a la casa del anciano, quien los recibió con alegría. La esposa había salido. Había cajas por todos lados, preparadas para la mudanza

—Hola, Claudio, ¿qué es eso que te retiras y te vas a Córdoba…?

—Es ley de vida, Maestro. Estoy viejo y es hora de descansar. Hola, Mariana, gusto en saludarte de nuevo. Pero, ¿ésta es tu hija? Cómo has crecido en estos dos años, desde la última vez que nos vimos. ¡Si estás hecha una mujer! ¿Cuántos años tienes ya?

—Voy a cumplir dieciséis, don Claudio.

—¿Sigues tocando el violín?

—Sí, dentro de tres meses voy a ofrecer mi primer recital. Estoy muy emocionada.

—Seguro que practicas mucho.

—No te imaginas, Claudio, hay que mandarla a descansar —comentó Mariana.

—¿Sabes? En mi juventud yo también tocaba. Hace tiempo que no puedo, por la artritis de los dedos... —dijo el anciano a la joven, con cierta nostalgia.

Claudio se levantó de la butaca y, con paso vacilante, se dirigió a una habitación contigua. Regresó con un violín bajo el brazo.

—A ver —dijo a la joven— toca algo para este viejo.

La jovencita tomó el instrumento en sus manos. Lo examinó con detenimiento. Parecía antiguo, la madera había perdido el lustre y tenía algunos rayazos, pero no dejaba de ser hermoso. Accionó las clavijas para comprobar la afinación, lo colocó en posición y empuñó el arco con maestría y decisión. Tocó *La meditación de Thaïs*, de Massenet, la pieza favorita de su abuela, con la que planeaba cerrar su concierto.

Aquel instrumento de timbre brillante despertaba en ella un inexplicable entusiasmo. La diafanidad del sonido era una delicia, la extasiaba, no se parecía en nada a los violines que había tenido en las manos.

El hombre la escuchaba atento, pensativo, con el semblante serio. La maestría de la joven era evidente, el rostro se le había transformado, sus fibras vibraban al compás de la música. Como buen conocedor, se convenció de inmediato de que presenciaba un derroche de virtuosismo. Miró a Alex y a Mariana, que sonreían. Cuando concluyó la interpretación, aplaudió con entusiasmo y le dijo:

—¡Bravo! Vas a llegar lejos. Te habrás dado cuenta de que ese violín es especial, ¿verdad? Como puedes imaginar, sé un poco de música y un instrumento así merece una ejecutante como tú. Te lo obsequio, me gustaría que lo usaras en tu primer concierto y que te acordaras de mí ese día.

La joven, sorprendida, miró a sus padres. No sabía si saltar de alegría, abrazar al hombre o quedarse quieta. En efecto, la afinidad con aquel violín había sido inmediata: al tocarlo se estremeció, era el sonido más maravilloso que había logrado sacar jamás de un instrumento.

Alex y Mariana contemplaban perplejos la acción del anciano. Sabían lo que aquel regalo significaba para su hija.

—Pero, Claudio, ese violín debe ser muy valioso. Es de una sonoridad extraordinaria —comentó Alex.

—Lo es, Maestro, lo material no me importa. Nunca he puesto mucho interés al dinero, y ahora, a mis años, mucho menos. El verdadero valor se lo dará ella misma a través del tiempo, a medida que produzca bellas melodías con él y las regale a su público.

—¿Cómo te vas a deshacer de tu violín? —replicó Alex.

—Les voy a contar una historia: hace como treinta años un hombre vino a verme y lo dejó empeñado. Me rogó que no lo vendiera porque regresaría pronto a buscarlo y no lo hizo. Nunca quise deshacerme de él porque me di cuenta enseguida de que es un gran instrumento. Me preocupa que cuando yo muera nadie lo va a apreciar como yo, así que me produce una inmensa satisfacción regalárselo a tu hija, Maestro. Acabo de comprobar que es muy talentosa y que estudia con dedicación, así que no podría estar en mejores manos. Virtuosismo y disciplina, la fórmula perfecta para un gran músico. Estoy seguro de que este violín va a recorrer las salas de concierto más importantes del mundo y de que ella lo sabrá apreciar.

—Caramba, Claudio, qué honor nos haces. Pero, por favor, permíteme que te pague por él. Estoy seguro de que es muy bueno. Quisiera comprártelo.

—De ninguna manera, les dije que es un obsequio y no acepto otra cosa. Me conoces desde hace mucho y sabes que soy un viejo terco. Lo único que les pido es que lo use en su primer concierto y que me manden una foto —dijo con firmeza.

—Por supuesto, don Claudio, así lo haré. ¡Se lo agradezco mucho! No tiene idea de lo feliz que me hace —respondió la joven entusiasmada, con una gran sonrisa. Abrazó con afecto al anciano, que estaba también emocionado y al borde de las lágrimas.

—Maestro, te recomiendo que lo lleves enseguida a un buen lutier para que lo revise y le haga los ajustes necesarios.

—Tan pronto llegue a París, lo llevaré a Pavonni, que es mi amigo.

—El viejo Pavonni, sé quién es, uno de los mejores. El sabrá qué hacer y les dirá qué clase de violín es. Dale saludos de mi parte y dile que me llame.

—Mil gracias, Claudio. Eres muy generoso.

—Toma, en esta tarjeta te anoté mi dirección y teléfono en Córdoba. Si algún día vas por allá a tocar o a pasear, no dejes de avisarme.

Cuando se disponían a salir, don Claudio les dijo:

—¡Esperen! Se me olvidaba algo.

Con paso vacilante, se dirigió de nuevo a la otra habitación. Trajo un estuche bastante raído, de color indefinido, colocó el violín dentro y lo entregó a la joven, al mismo tiempo que comentaba:

—El estuche está en muy malas condiciones. Supongo que le comprarás uno nuevo, al menos ahora te servirá para transportarlo.

Se despidieron del anciano reiterándole su agradecimiento y regresaron al hotel. En el trayecto la joven iba abrazada al instrumento, con una sonrisa perenne en el rostro. Estaba feliz, no podía creer que aquel violín fuera de ella. Los tres comentaban sobre la acción tan generosa del anciano. El avión saldría en unas horas de regreso a su hogar en París.

Tan pronto entraron a la habitación, muy entusiasmada, la joven se sentó en el sofá y abrió el estuche para examinar de nuevo el violín.

—¡Papá, mamá, vengan rápido!

—¿Qué pasa, hija?

—El estuche tiene mi nombre…

Glosario musical de *Concierto para Leah*

13 - *Liebestraum*, de Liszt, S541/3; R211/3. Obra para piano conocida popularmente como *Sueño de amor*. Tercer nocturno en la bemol mayor, basado en una transcripción de la canción "O lieb, so lang du lieben kanst".

20 - *Horst-Wessel-Lied*, de Horst Ludwig Wessel, un activista nazi. Fue el himno nacional nazi desde 1930 hasta 1945. Se le conoce también como Die Fahne hoch (La bandera en alto) que es como empieza su primera línea.

27 - *Freut euch des Lebens*, tonada festiva alemana.

53 - *Totentanz*, Marcha macabra o Danza macabra. Basada en la secuencia gregoriana del *Dies iræ*, liturgia de la misa de difuntos.

56 - *Petrushka,* de Stravinsky. Tres movimientos del ballet convertidos en una suite para piano solo. Una de las obras más difíciles del repertorio pianístico del siglo veinte.

64 - Concierto número tres, de Rachmaninoff, para piano y orquesta, opus 30. Uno de los conciertos más difíciles del repertorio para piano solista y orquesta.

65 - Vals en re bemol may*or,* opus 64, número 1, de Chopin, conocido como el *Vals del minuto.*

73 - *Sinfonía Novosvětská*, número 9 en mi menor, opus 95, de Dvořák, compuesta en 1893 durante su estadía en Estados Unidos, más conocida como *Sinfonía Nuevo Mundo.*

103 - *Chacona* de la Partita número 2 en re menor, de Bach, BWV 1004.

105 - *La viuda alegre,* opereta del compositor austro-húngaro Franz Lehár.

105 - *La barcarola*, basada en canciones de los gondoleros venecianos. La más famosa es la de Offenbach, de su ópera *Los cuentos de Hoffmann*.

105 - Valses de Johann Strauss II.

105 - *Czárdás*, de Vittorio Monti, basada en la danza del folclor húngaro.

105 - Capricho 16, de Paganini, de su obra *Veinticuatro caprichos para violín*.

105 - Aria de *Madama Butterfly*, de Puccini: *Un bel di vedremo*.

105 - Suite número uno para violonchelo, BWV 1007, de Bach.

105 - Tercer Movimiento del Concierto para chelo en si menor, de Dvořák, opus 104.

106 - *Obertura* de los Maestros cantores de Nuremberg, de Wagner.

109 - *Deutsche Eiche o Las encinas alemanas*, canción alemana.

110 - *Kol Nidre*. Plegaria judía que se recita previo al comienzo del servicio vespertino de Yom Kipur. Toma su nombre de las palabras iniciales de la declaración. Su melodía ha sido la base e inspiración para compositores como Arnold Schoenberg, Max Bruch y John Zorn.

118 - *Fantasiestücke*, de Robert Schumann, opus 73.

119 - *Andante* de la Sonata para violín número 2 en la menor, de Bach, BWV 1003.

121 - *El anillo del Nibelungo*, de Wagner. Del ciclo de cuatro óperas épicas basadas en elementos y personajes de la mitología germánica.

122 - *Sonata Dante,* de Liszt, S161/7; R10/7. Sonata en un movimiento, para piano, inspirada en *La divina comedia* de Dante Alighieri. Una de las piezas más difíciles del repertorio pianístico del siglo diecinueve.

122 - Madrigal, música secular para complementar composiciones líricas breves y delicadas. Los compositores más conocidos de madrigales son Claudio Monteverdi, Carlo Gesualdo y Luca Marenzio.

123 - *Rondó* de la Sonata en re mayor número *1* opus *12*, de Beethoven. Obra de marcados matices y contrastes.

125 - *El crepúsculo de los dioses*, de Wagner. Última ópera del ciclo de cuatro que pertenecen a *El anillo del Nibelungo*.

132 - *Ein deutsches Requiem,* de Brahms, opus 45. Cantata fúnebre de siete partes, compuesta para soprano, barítono, coro mixto y orquesta.

140 - *La meditación de Thaïs*, de Massenet. Este fragmento, solo de violín con acompañamiento orquestal, es el más conocido de la ópera *Thaïs*.

155 - *La Marsellesa*, himno nacional de Francia.

167 - *Polonesa Heroica* o Polonesa en la bemol mayor, de Chopin, opus 53. Obra de gran dificultad técnica en el repertorio pianístico.

167 - Sonata número uno en fa menor, opus 1, de Prokofiev, para piano. Consta de un solo movimiento.

167 - Estudio en re sostenido menor, *Patético,* opus *8,* número 12, de Alexander Scriabin, compositor ruso.

Buque *Saint Louis* rodeado de varios botes pequeños en la bahía de La Habana.

El suceso del buque *Saint Louis*, en 1939, marcó una página negra en la historia de Cuba. Nunca se ha determinado con certeza por qué el gobierno cubano decidió devolverlo a Europa con su carga de casi mil judíos, entre ellos 158 niños, que huían de los nazis y que tenían sus papeles en orden. Por lo menos 254 adultos y 33 niños murieron en los campos de exterminio.

Muchas teorías se han elaborado, desde que fueron víctimas de rivalidades políticas y de la corrupción que existía en Cuba, hasta que fue provocado por una campaña antisemita orquestada por los nazis para demostrar que, aunque permitían a los judíos abandonar Alemania, los países democráticos de América no estaban dispuestos a recibirlos.

A pesar de que el viaje del *Saint Louis* recibió gran cobertura mediática mundial en aquel momento, para mi sorpresa muchos lectores me han comentado que lo desconocían. Tal vez los sucesos posteriores que desembocaron en la Segunda Guerra Mundial opacaron este evento trágico. Hoy, a casi 73 años de ese fatídico viaje, los únicos sobrevivientes son algunos de los niños y de los más jóvenes que iban a bordo.

La historia del buque *Saint Louis* siempre me ha producido incredulidad y tristeza. Incorporarla a esta novela es mi homenaje a cada una de esas personas inocentes que huían del régimen opresor que amenazaba su libertad y su vida.

La autora

Comentarios de algunos lectores

«Tan pronto empecé a leerla me atrapó inmediatamente. No la podía soltar. Con pocas lecturas me sucede eso. La autora trata el tema en forma ingeniosa, con una gran cantidad de datos fieles a la historia.»

«Con un lenguaje directo y sencillo, sacude al lector y lo deja pensando. La simbiosis entre la música y las emociones le da un toque poético. Es evidente el profundo trabajo de investigación que realizó la autora.»

«Tiene cadencia, fuerza, amor, odio. Al lector se le agolpan las notas en la garganta y lo arrasan todo. El lector se siente como si estuviera en el medio de la acción. Me dejó con deseos de leer más. Impecable final.»

«Tremenda fuerza narrativa, las imágenes se describen cinematográficamente. Es electrizante. El toque musical hace menos terrible la trama.»

«Genial esta excelente combinación de melodía y palabra. Con un vocabulario sencillo y preciso, en esta historia terrible no falta el toque tierno y honesto de Leah. Cuando la crueldad se torna en protagonista, la narración y la descripción son estremecedoras.»

«La música en esta novela es un acierto muy difícil de lograr. Mientras la leía, escuché varias de las piezas que se mencionan y fue una experiencia indescriptible. Esta es una de esas obras que se recordarán para siempre.»

Opinión de algunos escritores

«La escritora imprime a su libro la fuerza que sólo la verdadera literatura puede lograr: la credibilidad de lo narrado. Desde la sensibilidad y un profundo humanismo, Concierto para Leah hace una muesca en la historia literaria sobre el tema del Holocausto nazi.»
Amir Valle, escritor cubano radicado en Berlín

«Nadie sale ileso después de enfrentar una guerra mundial y un exterminio humano visto desde los ojos de una niña. Las notas del pentagrama se unen para formar sonidos, y se convierten en la representación audible del alma de Leah. Podemos "leer" y "escuchar" sus sentimientos.»
José Ignacio Valenzuela, escritor y guionista chileno

«Una novela arquitectónica como pocas, con un sustrato musical brillante. Es, sin lugar a dudas, uno de esos libros que hay que leer. No se puede dejar una vez se comienza.»
**Daniel Torres,
escritor y profesor universitario en Estados Unidos**

«Se suceden los capítulos como si fueran episodios, con finales que nos llevan a preguntar: ¿qué sucederá luego? Al cambiar de capítulo continúan los saltos temporales en los que se alternan los escenarios y los personajes.»
Margarita Iguina Bravo, escritora puertorriqueña

«Una historia que va in crescendo, cada vez más asfixiante y terrible. Muy ágil, directa al grano, con saltos temporales de ubicación y cambios en la voz narrativa. Una novela altamente recomendable. No cabe duda que de este libro se harán mas ediciones.»
Marta Farreras, química de profesión y reseñista española

«La presencia del Caribe en el Holocausto hubiese sido impensable para algunos escritores. Concierto para Leah es una lección para el lector, una novela excelente.»
Jessika Reyes Serrano, escritora puertorriqueña

«Una escritura de calidad que, con elegancia y precisión a veces alucinante, nos entrega detallados retratos psicológicos. El estuche que encierra esta historia podría haber tenido el nombre de cualquiera de nosotros.»
**Gustavo Sánchez Perdomo,
escritor y reseñista cubano radicado en París**